박씨부인전

박씨부인전

작자 미상

일석이조 우리고전 읽기

홍신문화사

돌 하나를 던져 새 두 마리를 잡고, 마당 쓸고 동전 줍고, 도랑 치고 가재 잡고……. 모두 한 가지 일을 하여 두 가지 이득을 얻을 때 쓰는 말이다.

고전에, 한자에, 게다가 논술까지 공부할 수 있다면, 이는 일석이조가 아니라 일석삼조가 된다.

두 사람이 바둑을 둘 경우, 바로 앞의 수를 보는 사람보다는 한두 수 앞, 아니 그보다 더 멀리 내다보고 돌을 놓는 사람이 훨씬 유리하게 마련이다. 그런 의미에서 고전이나 한자나 논술이나 세 가지 모두 먼 장래를 내다본 포석이라고 할 수 있다. 당장 눈앞에 보이는 성과가 없어도, 꾸준히 공부하다 보면 그것이 내공이 되어 결정적일 때 큰 힘이 될 것이다.

국어사전에서 '고전'이라는 말을 찾아보면 '역사적으로 널리 인정되는 훌륭한 작품이나 저서'라고 풀이되어 있다. 고전 읽기의 필요성은 아무리 강조해도 지나치지 않다. 고전은 그 작품이 나온 시대를 대표하는 것으로서, 옛것을 들어 새것을 아는 데 고전 읽기보다 더 좋은 방법은 없다.

아무리 시간이 많이 흘러도 고전이 그 가치를 잃지 않는 이유는 그 속에 어떤 해답이 들어 있기 때문이 아니다. 고전의 참된 가치는 우리가 살아가는 데 반드시 알아야 할 삶의 문제에 가까워질 수 있도록 그 길을 열어 주는 것이다.

우리 고전에는 우리가 알고 있는 것보다 훨씬 다양하고 많은 작품들이 있다. 조선시대에 접어들면서 나타나기 시작한 소설만 하더라도 거의 4백여 편에 이른다. 이 '일석이조, 우리 고전 읽기' 시리즈에서는 그 가운데 가장 널리 알려지고 '영원히 읽을 만한 가치가 있는' 작품, 그러면서도 재미라는 요소를 빼놓지 않고 갖춘 작품을 골랐다.

우리말의 8할 이상은 한자어로 이루어져 있다. 그만큼 한자는 우리 문화와 역사 속에 깊이 뿌리를 내리고 있다. 그러나 암기 위주의 한자 공부는 오히려 한자에 대한 관심과 흥미를 떨어뜨려, 한자를 싫어하고 기피하는 현상을 초래할 수 있다.

이 '일석이조, 우리 고전 읽기'에서는 누구나 재미있게 한자 공부를 할 수 있도록 잘 알려진 고전에 한자를 삽입하여, 고전을 읽는 가운데 자연스럽게 한자를 익히게 했다.

거기에다가, 앞서 읽은 작품의 내용을 되짚어보고 여러 면으로 다양하게 생각해 보는 논술로 고전 읽기를 확실하게 마무리하도록 했다. 이와 같은 논술 공부는 장래 대학입시, 더 나아가서는 사회 진출을 위한 입사시험을 보는 데도 도움이 될 것이다. 지금부터 착실하게 기초를 다진다면, 발등에 불이 떨어진 후에 논술 과외를 하는 등 시행착오를 겪지 않아도 될 것이다.

꿈은 이루어진다고 했다. 고전의 달인, 한자의 명수, 논술의 영웅을 꿈꾸며 이 책의 첫 장을 넘겨 보라.

● 이 책의 특징 및 구성 ●

❶ 이 시리즈는 고전 중에서도 초·중·고 교과서에 수록된 작품, 그중에서도 지루하지 않고 재미있는 작품을 우선적으로 골라 엮었다.

❷ 한자는 8급부터 3급에 해당하는 1,817자 가운데(중학생용 한자 900자 포함) 각 권당 기본한자 22~24자, 단어 100여 개를 실어, 책 한 권을 읽고 나면 최소 200자 정도의 한자를 익힐 수 있게 했다.

❸ 본문 중 어려운 낱말은 주를 달아 각 면 아래쪽에 풀이해 놓았다.

❹ 본문 중 기본한자에 해당하는 말은 광수체(예 : 가르치심), 한자 단어 및 한자에 해당하는 말은 고딕체(예 : 급제)로 하고, 본문과 색깔을 달리하여 쉽게 구별할 수 있게 했다.

❺ 각 단원마다 두 면을 할애하여, 한 면에는 '핵심⁺'라 하여 작품의 구성, 내용, 저자, 시대적 배경 등 작품에 관계된 전반적인 사항을 다루고, 다른 한 면에는 본문 가운데 알아둘 필요가 있는 인명, 지명, 단어 등을 '알아두면 힘이 되는 상식'으로 풀이했다.
　'호락호락 한자노트'로 각 면당 기본한자를 한 자씩 다루어, 부수, 총획수, 필순, 관련 단어, 사자성어, 파자, 속담 등 그 한자에 대한 모든 것을 한눈에 알 수 있게 했다.

❻ 책 말미 '부록'에서는 내용 되짚어보기, 논술로 생각 키우기, 한자능력 검정시험 예상문제 등으로 작품에 대한 완벽한 이해와 함께 한자 실력 향상을 도모할 수 있도록 했다.

박씨 부인전

차례

기이한 만남

조선시대 인조대왕 시절 한양성 안 북촌 안국방에 한 재상이 있었는데, 성은 이씨이고 이름은 귀였다.

어려서부터 공부에 힘써 열 살 전에 총명함이 보통 사람을 넘어섰고, 문장과 무예, 재주와 덕행이 온 나라 안에서 가장 뛰어났다. 소년시절 과거에 급제하여 벼슬길에 나아가, 이윽고 재상이라는 높은 자리에 올랐다. 위로는 충성으로 임금을 섬기고 아래로는 백성을 인의로 다스려, 그 위엄과 훌륭한 이름이 온 세상에 알려졌다.

상공이 어질고 무던한 마음씨, 그리고 그 재주와 덕으로 귀한 아들을 두었는데, 그 이름은 시백이었다. 시백은 어려서부터 총명하고 영리해서 하나를 들으면 열을 알았다. 열다섯 살에 벌써 보통이 넘는 재주를 보여 문장은 중국 당나라의 이백과 두보보다 뛰어났으며, 필법은 중국 진나라의 유명한 서예가 왕희지를 본받고, 지혜는 중국 삼국시대 촉한의 제갈량을 본받았다. 그런데다가 초패왕이라 불리는 항우와 같은 용맹을 지녔으니, 상공이 그 아들을 금과 옥같이 사랑했다. 사람마다 그 재주와 사람됨을 칭찬하지 않는 이가 없었으니, 시백의 이름은 온 나라 안에 퍼져 나갔다.

상공은 바둑 두기, 퉁소 불기, 그리고 달빛 아래 고기 낚는 것을 좋아했다. 그중에서도 특히 퉁소 부는 솜씨가 뛰어났다. 언젠가는 한 도인을 찾아 퉁소 다루는 솜씨를 비교해 본 적이 있었다. 상공의 퉁소 소리는 그 조화가 끝이 없어 밝은 달을 가지고 노니, 꽃밭에 피었던 꽃들이 흥을 못 이겨 떨어졌다. 이런 재주를 가진 사람은 온 나라에 상공 한 사람뿐이었다.

상공은 바둑 두기와 퉁소 불기에 맞상대가 없음을 아쉽게 여기고 있었다.

그러던 어느 날, 어떤 사람이 다 떨어진 옷에 찌그러진 갓을 쓰고 초췌한 모습으로 상공의 집을 찾아와 하룻밤 머물고 가기를 청했다. 상공이 자세히 보니, 비록 차림새는 남루하지만 보통 사람과 달라 보였다. 밝고 높은 식견을 가진 상공이 이런 도인을 몰라볼 리 없었다.

識 見
알식 볼견
5급 19획 5급 7획

‘근본이 촌사람이라면 이리 당돌하게 내 집을 찾아왔겠는가. 분명히 보통 사람은 아니로다.’

한 번 보고 마음속으로 이런 생각을 한 상공이 말했다.

"누구신지 모르지만, 이렇게 누추한 곳을 찾아주시니 황공합니다."

그 사람은 마루에 올라 자리를 잡고 앉은 다음 자기 소개를 했다.

"저는 본래 부산 사람으로, 이름난 산의 큰 절들을 찾아다니며 돌부처를 벗삼아 세월을 보내고 있습니다. 지금은 쓸데없이 나이만 많아져서 널리 나아가 놀지 못하고 한갓 금강산에 머무르며 죽기만 바라며 살고 있습니다. 성은 박가고, 세상 사람들이 부르기를 처사라고 합니다."

상공도 말했다.

"저의 성은 이가요, 세상 사람들이 부르기를 득춘이라 합니다."

그리고 무릎을 꿇고 말을 이었다.

"귀하신 손님이 어쩐 일로 이렇게 누추한 곳까지 오셨습니까?"

처사가 대답했다.

"저는 산속에서 바둑 두기와 통소 불기로 시간을 보내고 있습니다. 소문에 듣자니 상공께서 저처럼 바둑 두기와 통소 불기를 좋아하신다 하기에, 천 리를 멀다 않고 그 솜씨를 구경하려고 왔습니다."

상공은 그 말을 듣고 역시 기이한 사람이라 생각하여, 즉시 윗자리를 피하여 내려와서 말했다.

"어찌 보잘것없는 보통 사람이 선인과 문답을 나누겠습니까?"

상공이 겸손한 태도로 말을 이었다.

"평생에 적수가 없는 것을 한탄했는데, 처사를 대하니 반가움을 이기지 못하겠습니다. 처사의 수준 높은 퉁소 소리에 어찌 화답하겠습니까만, 가르치심을 본받을까 하여 주인인 제가 먼저 불어 보겠습니다."

상공이 한 곡조를 부니 청아한 소리가 구름 속에 사무쳤다. 그 노래는 이러했다.

창 앞에 모란 꽃송이 다 떨어져 화단 위에 가득하도다.

처사가 그 노래를 다 듣고 칭찬을 아끼지 않았다.

"객이 주인의 노래만 듣기 미안하니, 퉁소를 빌려 주시면 객도 미숙한 곡조로 화답할까 합니다."

상공이 불던 퉁소를 전하니 처사가 받아서 화답했다. 그

借
빌릴차
3급 10획

노래는 이러했다.

飛
날비
4급 9획

푸른 하늘에 날아가는 청학, 백학이 춤추고, 화원에 꽃이 피어 가득가득하도다.

상공이 다 듣고 나서 칭찬해 마지않았다.

"저같이 용렬하고 둔한 재주로도 세상의 칭찬을 듣습니다. 하지만 저의 퉁소 소리는 다만 꽃송이만 떨어지게 할 뿐인데, 선인의 퉁소 소리는 봉황이 춤추고 떨어지는 꽃을 다시 피어나게 하시니 옛날 *장자방의 곡조로도 비교할 수 없습니다."

이렇게 하여 두 사람은 각각 주인과 손님이 되어 바둑과 퉁소로 여러 날을 보냈다.

하루는 처사가 상공에게 부탁했다.

"들자니 상공께 귀한 아드님이 있다던데, 한번 보기를 청합니다."

상공이 처사의 청을 들어 아들 시백을 불렀다.

시백이 아버지 명을 받고 들어와 인사를 했다. 처사는 인사를 받고 시백을 자세히 살펴보았다. 만고의 영웅이 될 재

• 장자방(張子房) : 중국 한고조 유방(劉邦)의 충신 장량(張良). 자방은 그의 자이다. 유방을 도와 천하를 통일했다.

목이고 일대 호걸이며, 어지러운 때에는 싸움터에 나가 장
수가 되고 평시에는 재상이 되어 정치를 할 기상이 미간에
은은히 나타나 있었다.

처사는 마음에 기쁨을 이기지 못하여 즉시 상공에게 청
했다.

悦
기쁠열
3급 10획

"미천한 사람이 이렇게 찾아온 것은, 다름이 아니라 상
공께 부탁드릴 일이 있어서입니다."

상공이 대답했다.

"무슨 말씀이신지 자세히 듣고 싶습니다."

처사가 다시 말했다.

"제게 딸이 하나 있는데 나이가 열여섯 살입니다. 아직
부부가 될 인연을 정하지 못했으므로 사윗감을 두루 널리
구하다가, 오늘 존귀한 가문에 들어와 아드님을 보니 마음
에 딱 드는군요. 저의 여식이 비록 어리석고 미련하나 귀댁
의 며느릿감으로 받아들이실 만할 것입니다. 외람되지만
정혼하는 것이 어떻겠습니까?"

상공이 생각했다.

'박 처사의 사람됨이 저러하다면 딸도 평범할 리는 없을
것이다.'

처사가 다시 말했다.

"상공은 한 나라의 재상이시나 저는 산속에 묻혀 사는 보잘것없는 촌사람입니다. 제 딸아이를 존귀하신 댁에서 받아주기가 쉽지 않을 것입니다. 하지만 제 뜻을 저버리지 않으시면 여한이 없을까 합니다."

상공은 처사의 말을 듣고 기꺼이 혼인을 허락했다. 처사가 반기며 즉시 택일을 하니 석 달 뒤였다.

이렇게 혼인을 완전히 정하고 술과 음식을 장만하게 하여 서로 권했다.

바둑도 두고, 밝은 달이 비치는 창가에서 옥퉁소도 불며 즐거운 나날을 보내던 어느 날, 처사가 상공에게 하직 인사를 했다. 상공은 못내 서운하고 아쉬웠으나 어쩔 수 없이 작별했다.

처사가 산속으로 돌아간 뒤, 상공은 온 가족을 모아 놓고 처사의 딸과 정혼한 사실을 이야기했다.

그 말을 듣고 부인을 비롯한 가족들은 크게 놀랐다.

"혼인은 *인륜지대사입니다. 어찌 재상 집안에서 근본도 모르는 산중 처사의 여식과 정혼을 한단 말입니까? 우리도 모르게 정혼을 하다니 당치도 않습니다. 어찌된 일

作 別
지을작 다를별
6급 7획 6급 7획

● 인륜지대사(人倫之大事)
: 사람의 일생에서 겪게 되는 가장 중요한 일, 즉 출생 · 혼인 · 사망 등의 일.

입니까?"

상공이 웃으며 말했다.

"들으니 처사의 딸이 재주와 덕행이 뛰어난 *요조숙녀라
하기에 혼인을 승낙하였소."

그러면서 상공은 가족들의 식견이 모자람을 한탄했다.

혼인날이 다가오자 혼사에 필요한 행렬이 신부집으로 출
발했다. 상공이 직접 신랑을 이끌고 가는 *후배를 서서 행
렬을 이끌고 길을 떠났다. 신랑 시백이 준마에 관복을 갖
추어 입고 큰길로 늠름하게 나서니, 그 풍채가 신선이나 다
름없었다.

行 列
다닐행 벌릴렬
6급 6획 4급 6획

• 요조숙녀(窈窕淑女) : 품
위 있고 얌전한 여자.

• 후배(後陪) : 혼인 때 가
족 중 신랑이나 신부를
데리고 가는 사람.

여러 날 만에 상공 일행은 금강산에 다다랐다. 산천경개도 빼어나고 갖가지 색깔의 화초가 만발했는데, 벌과 나비는 쌍쌍이 날아들어 꽃송이를 보고 춤을 추었다. 또한 푸른 버들가지가 늘어지고, 황금 같은 꾀꼬리는 고운 소리를 높여 벗을 불러 사람의 흥을 돋우었다.

경치를 구경하면서 점점 산속으로 들어가니, 인적이 뜸하고 길을 찾을 수가 없어 주막을 찾아 쉬었다.

이튿날 다시 걸어서 산골짜기로 들어가니, 인적은 전혀 없고 층을 이룬 바위들이 병풍을 두른 듯했다. 골짜기의 물은 남청색을 띤 채 잔잔하게 흐르고, 박새는 슬피 울어 마치 허황한 일을 비웃는 듯, 두견새 소리는 처량하여 사람의 어리석은 회포를 돋는 듯했다. 상공이 자신의 처지를 돌아보니 오히려 허황된 생각이 들어 후회를 했으나 소용없는 일이었다.

어느 사이엔가 해는 서산으로 지고 달이 동쪽 고갯마루에 떠오르니 어쩔 수 없이 또다시 주막을 찾아가 쉬고, 이튿날 산골짜기로 들어갔다. 깊은 산골짜기를 헤쳐 나갈 것을 생각하니 어디로 가야 할지 전혀 방법이 없어 나아갈 수도 없고 돌아갈 수도 없었다.

상공이 동쪽을 바라보며 생각했다.

'중국 한나라 때 유비는 남양 땅에 삼고초려하여 *와룡을 만났다고 하더니 내게는 그런 인연이 허황된 것이로다.'

잠시 망설이는데, 문득 산골짜기에서 노래를 부르며 아이들 셋이 내려오는 것이 보였다.

상공이 반기며 소리쳤다.

"저기 가는 아이들아, 거기 좀 섰거라!"

아이들이 걸음을 멈추자 상공이 말했다.

"앞길을 가리켜주어 지나가는 사람의 약한 마음을 맑게 이끌어주는 것이 어떻겠는가?"

초동이 대답했다.

"이곳은 금강산이고, 이 길은 박 처사가 사는 곳으로 통합니다. 우리는 지금 박 처사가 사는 곳에서 내려오는 길입니다."

상공이 반색을 하며 물었다.

"지금 박 처사가 댁에 계시더냐?"

초동이 다시 대답했다.

"옛 노인들이 '수백 년 전 어떤 사람이 이곳에서 나무를 얽어 집을 만들고 나무 열매를 먹으며 살았는데, 그 이름을

童
아이 동
6급 12획

• 와룡(臥龍) : 제갈량을 달리 부르는 이름.

박 처사라 일컬었으나 간 곳은 모른다' 하고 말씀하시는 것을 들었을 뿐, 지금 살고 계신다는 말은 처음 듣습니다."

상공이 그 말을 듣고는 더욱 정신이 아득했다. 가까스로 정신을 가다듬고 다시 물었다.

"처사가 그곳에서 산 지는 몇 해나 되는가?"

동자가 미소를 지으며 말했다.

"거기서 사신 지는 삼천삼백 년이 되었다고 하더군요."

초동은 묻는 말에 다시는 대답하지 않고 가 버렸다.

이 말을 들으니 더욱 의아한 생각이 들어, 상공은 하늘을 쳐다보고 크게 웃으며 말했다.

"세상에 허황된 일도 많구나!"

상공은 잠시 망설이다가 다시 주점으로 돌아왔다.

시백이 부친을 위로했다.

酒 店
술주 가게점
4급 10획 5급 8획

"지나간 이야기로 후회하실 것 없이 도로 돌아가시는 것이 나을 것 같습니다."

상공이 웃으며 말했다.

"그냥 돌아가도 남의 웃음을 면치 못할 것이고, 돌아가지 않으려 하니 허황하기 이를 데 없구나. 내일은 바로 혼인을 하기로 한 그날이다."

그 이튿날, 상공은 노복들을 재촉하여 다시 길을 나섰다. 반나절을 산속에서 왔다갔다하며 기진맥진할 정도로 찾았는데, 오후쯤 되어 한 사람이 허름한 옷차림으로 대나무 막대기를 짚고 산속에서 내려왔다. 그가 곧 박 처사였다.

처사가 상공을 보고 반기며 말했다.

"저 같은 사람과 인연을 맺어 여러 날을 깊은 산골짜기에서 헤매며 마음이 매우 불편하셨을 것입니다. 그 일을 생각하니 죄송스러워 몸둘 바를 모르겠습니다."

상공이 웃고 처사와 지난 일을 이야기했다.

그런 다음, 처사가 상공을 데리고 산속으로 들어갔다. 때는 바야흐로 봄이 한창이라, 화초는 좌우에 만발하고 벌과 나비는 쌍쌍이 날아들어 꽃을 보고 반겨 춤을 추었다. 늙은 소나무는 가지를 길게 늘어뜨리고, 수양버들은 실버들이 되고, 황금 같은 꾀꼬리는 그 사이를 왔다갔다하며 노래하니 그 소리가 산 가득 울려퍼졌다. 상공은 마치 속세를 떠나 신선의 세계에 들어선 듯한 기분이었다.

처사가 상공에게 말했다.

"저는 본래 가난하여 손님을 대접할 객실도 없고 달리 머무시게 할 거처도 없으니, 돌 위에나마 잠시 편안히 앉으

思
생각할 사
5급 9획

십시오."

　낙락장송 밑 돌마루를 정결하게 다듬어 놓은 곳에 자리를 정하고 나서 처사가 말했다.

　"산중에서 예의와 도리를 갖출 수 없어 몹시 송구스럽지만, 혼례식은 되는 대로 하시지요."

　이윽고 혼례식이 시작되었다. 상공이 시백을 데리고 *교배석에 들어갔다. 신랑과 신부가 서로 맞절을 하니, 그것으로 혼례식은 끝이었다. 처사가 신랑을 인도하여 내당으로 들어간 뒤, 상공은 돌마루로 나가 앉아 있었다.

　잠시 후, 처사가 나와 상공에게 *송화주를 권하며 말했다.

　"산속에서 나는 음식들이라 별맛은 없을 것이지만 흉보지 마십시오."

　처사는 상공에게 술을 여러 잔 권하고, 저녁밥을 지어 대접한 후 다시 또 술을 권했다. 상공은 술이 몹시 취하여 다시 마시고 싶은 생각이 없었다. 상공과 노복들은 술을 이기지 못해 마침내 정신을 잃고 쓰러졌다.

　한 *식경 후에 깨어 보니 이미 날이 밝았다. 상공이 처사를 불러서 말했다.

新 郎
새 신　사내 랑
6급 13획　3급 10획

• 교배석(交拜席) : 혼례식 때 신랑과 신부가 서로 절을 주고받는 자리.

• 송화주(松花酒) : 소나무의 꽃가루인 송화로 빚은 술.

• 식경(食頃) : 한 끼의 밥을 먹을 만한 시간.

"어제 먹은 술이 실로 인간 세상의 술이 아니고 신선의 술인 듯합니다."

처사가 웃으며 말했다.

"송화주 한 잔에 그렇게 취하십니까?"

상공이 대답했다.

"인간 세상의 평범한 사람이 신선의 술을 겁 없이 마시니 실로 과하더군요."

서로 이야기를 나누다가 상공이 돌아가겠다고 말했다.

"이곳은 산골이 깊고 머니 이번 길에 제 딸아이를 데리고 가십시오."

처사가 말했다.

상공이 옳게 여겨 허락했다.

처사가 행장을 꾸리는데, 신부의 얼굴을 *나삼으로 가려서 다른 사람이 보지 못하게 하고 상공에게 말했다.

"나중에 다시 만나십시다."

神仙
귀신 신 신선 선
6급 10획 5급 5획

• **나삼(羅衫)** : 얇고 가벼운 비단으로 지은 적삼. 여자들의 구식 예복의 한 가지.

대표적 영웅소설 〈박씨부인전〉

〈박씨부인전〉은 고대 영웅소설 가운데 대표적인 작품이다. 영웅소설은 평범한 사람과는 다른 초월적 능력, 즉 비범함을 갖춘 영웅의 일대기를 그린 소설로, 〈홍길동전〉, 〈유충렬전〉 등이 이에 속한다. 〈박씨부인전〉은 병자호란이라는 실제적인 역사를 배경으로 이시백, 임경업, 김자점, 최명길 등 실존 인물을 등장시켜 그 실감이 한층 더하다.

好樂好樂 한자 노트

가르칠교 | 총 11획 | 부수 攵 | 8급

손에 매를 들고 어린아이를 가르치는 모양을 본뜬 글자이다.

教室(교실) : 학교에서 주로 수업에 쓰는 방.

教育(교육) : 지식을 가르치고 품성과 체력을 기르는 일.

教訓(교훈) : 사람으로서 나아갈 길을 그르치지 않도록 가르치고 깨우침.

大主教(대주교) : 가톨릭에서 대교구를 주관하는 일을 하는 사람.

내가 찾은 사자성어

소우 귀이 읽을독 지날경
牛耳讀經
우 이 독 경

내용 ≫ 쇠귀에 경 읽기라는 뜻으로, 아무리 가르치고 일러 주어도 알아듣지 못함.

굵고 오래 묵은 대나무에 구멍을 뚫어 세로로 잡고 부는 종적(세로피리)으로,
우리나라에서는 종적의 대명사처럼 불리고 있다. 일찍이 중국에서 사용했으며,
우리나라에는 고려 때 당악(唐樂)에 쓰이다가 조선 때 향악(鄕樂)에 맞도록 개량
하여 궁중음악에 당적과 함께 썼다는 기록이 있다.

동녘동 │ 총 8획 │ 부수 **木** │ 8급

나무 사이로 해가 뜨는 곳이라 하여 '동쪽'을 뜻
한다.

東南亞(동남아) : 동남아시아.

東洋(동양) : 서양에 대하여, 아시아의 동부
및 남부를 일컬음.

東進(동진) : 민족이나 부대, 세력 따위가
동쪽으로 나아감.

中東(중동) : 일반적으로 서아시아 일대를
이름.

내가 찾은 속담

동에 번쩍 서에 번쩍

≫ 금방 여기 나타났다가 저기 나타났다가 할 만큼 바쁘게 활동함을 이
르는 말.

천하박색 신부

新 婦
새신 며느리부
6급 13획　4급 11획

상공이 처사와 아쉽게 헤어진 후 며느리를 데리고 그 산 어귀를 내려오니 해가 서산에 지고 있었다. 일행은 주막을 찾아 들어갔다. 그제야 신부의 생김새를 볼 수 있었다. 얼굴이 몹시 얽었는데, 그 얽은 구멍에 거칠고 더러운 때가 줄줄이 맺혀 가득했다. 눈은 달팽이 구멍 같고, 코는 심산 유곡의 험한 바위 같고, 이마는 너무 벗어져 *태상노군 같고, 키는 팔 척이나 되는 장신이었다. 게다가 팔은 늘어지고 한쪽 다리는 저는 듯하니, 그 모습을 차마 바로 보지 못할 정도였다.

상공과 시백이 한 번 보고 정신이 아득하여 다시는 대할 마음이 없었다. 부자가 서로 말없이 앉아 있다가 그럭저럭 날이 새자 다시 길을 떠났다.

여러 날 만에 한양에 도착하여 집에 들어가니, 일가친척이 신부를 구경하려고 모두 모였다. 신부가 가마에서 내려 방으로 들어갔다. 얼굴을 가렸던 나삼을 벗어놓으니 그 모습이 가관이었다. 방 안에 있던 사람들이 서로 얼굴을 쳐다보며 수군거렸다.

• 태상노군(太上老君) : 도교에서 말하는 노자(老子)의 존칭.

"처음 보는 구경거리로다."

그날부터 신부에 대한 비웃음이 그치지 않으니, 경사가 아니라 오히려 초상난 집 같았다.

모든 사람들이 다 경황없는 중에 부인이 상공을 원망하며 말했다.

"한양에도 높고 귀한 집안의 아리따운 숙녀들이 많은데, 구태여 산속에 들어가 신부를 구해 남의 웃음을 사십니까?"

상공이 크게 나무랐다.

"아무리 빼어나게 아름다운 사람을 며느리로 삼더라도 여자로서의 행실이 바르지 못하면 인륜이 패망해 가문을 온전하게 지켜 나가지 못할 것이요, 비록 인물은 보잘것없다 해도 덕행이 있으면 한 가문이 복록을 누릴 것인데, 무슨 말씀을 그렇게 하시오? 우리 며느리의 얼굴이 비록 추하고 더럽지만, *태임과 태사 같은 덕행을 갖추었소. 하늘이 도와 저런 어진 며느리를 얻어왔는데, 부인은 식견 없는 말을 다신 하지 마오."

부인이 대답했다.

"대감의 말씀이 당연하지만, 며느리의 얼굴을 보니 부부 사이에 오가는 즐거움이 없을까 걱정이 됩니다."

敗 亡
패할패 망할망
5급 11획 5급 3획

• 태임(太任)과 태사(太姒)
: 태임은 주(周) 문왕(文王), 태사는 무왕(武王)의 어머니. 두 사람 모두 어진 어머니의 대표적인 인물이다.

상공이 경계해 마지않으며 말했다.

"자식 부부의 화목과 즐거움 여부는 우리 가문의 흥망에 달려 있는데 무엇을 근심하겠소? 하지만 부인도 조심하여 구박하지 마시오. 부모가 사랑하면 자식이 어찌 즐겁지 않겠소?"

시백은 박씨의 추하고 보잘것없는 모습을 보고 미워하여 얼굴을 대하지 않았다. 남녀 노비들까지도 박씨를 미워했다. 박씨는 낮이고 밤이고 방 안에서 홀로 지내며 잠만 잤다. 시백은 부인을 내보내고 싶었지만 부친이 두려워 감히 마음대로 못했다.

상공이 그 낌새를 알고 시백을 불러 꾸짖었다.

"사람의 덕행을 모르고 겉보기에 아름다운 것만 찾으면 곧 가문을 망치는 근원이다. 내 듣자하니 너희 부부가 화목하고 즐겁게 지내지 않는다 하니, 그러고 어찌 *수신제가를 하겠느냐? 옛날 제갈량의 아내 황발 부인은 비록 인물이 추하고 보잘것없었으나 재주와 덕망을 함께 갖추었으므로, 공명의 도덕이 삼국에 으뜸이었느니라. 공명이 그 이름을 천하에 전하는 것이 모두 그 부인의 교훈에 따른 까닭이다. 그 외모만 보고 경솔하고 성급하게 버렸다면 바람과

眠
잘 면
3급 10획

• 수신제가(修身齊家) : 심
신을 닦고 집안을 다스리
는 일.

구름을 일으키고 변하게 하는 재주를 누구에게 배워 영웅호걸이 되었겠느냐? 네 아내도 비록 얼굴은 아리땁지 못하나 보통 사람을 뛰어넘는 절행과 비범한 재질이 있을 것이니 부디 가볍게 여기지 말아라. 부모가 개와 말이라도 사랑하면 자식 또한 사랑하는 것이 그 부모를 위하는 것이니라. 하물며 내가 총애하는 사람을 박대하면 이는 부모를 박대하는 것이니 어찌 부모를 섬기는 것이라고 할 수 있겠느냐? 그런 까닭으로 인륜이 피폐해지고 망하는 것이니, 부디 각별히 조심하여 옛 법도를 어기지 말아라."

시백이 부친의 말을 다 듣고 나서 머리를 조아리고 잘못을 빌었다.

"사람을 알아보지 못하고 인륜을 저버렸으니 만 번 죽어도 아까울 것이 없는 큰 죄를 지었습니다. 이후로 어찌 다시 가르치심을 저버리겠습니까?"

상공이 또 말했다.

"네가 그렇게 알고 있으니 다행이다. 오늘부터는 부부간에 화목하고 즐겁게 지내거라."

시백은 아버지의 명을 거역하지 못해, 없는 정이 있는 척하고 마음을 단단히 먹고 내당으로 들어갔다. 그러나 그 모

戌
개 술

3급 6획

습을 보는 순간, 부친의 훈계는 헛일이고 미워하는 마음이 전보다 더 커지는 것이었다.

등잔 뒤에서 부채로 얼굴을 가리고 밤을 지새우고, 이윽고 닭울음소리가 나자 즉시 나와 부모님 앞에 문안하니 상공이 어떻게 그런 줄을 알겠는가.

상공이 하루는 노복들을 꾸짖었다.

"내 들으니 너희가 어진 상전을 몰라보고 멸시한다 하니, 만일 다시 그렇게 한다는 말이 들리면 죽음을 각오할 정도로 엄하게 다스리리라."

그 말에 노복들이 두려워하며 잘못을 빌었다.

이때 부인이 박씨의 일을 몹시 원통하게 여겨 시비 계화를 불러 말했다.

"집안의 운수가 불행하여 허다한 사람 중 저런 것을 며느리라고 얻었도다. 게을러 잠만 자고, 여자들이 하는 길쌈 재주는 없는 것이 밥만 많이 먹으려고 하니 어디다 쓰겠느냐? 오늘부터는 아침밥과 저녁밥을 적게 먹이리라."

이와 같이 박씨의 허물을 지어내어 험담을 하니, 친척들도 화목하고 즐겁게 대하지 않았다.

박씨는 여러 사람이 구박하는 것을 냉소로 넘기더니, 어느 날 시비 계화를 불러 말했다.

"대감께 여쭐 말씀이 있으니 사랑에 가 말씀드려라."

계화가 명을 받들어 즉시 나아가 그 말을 상공에게 고했다. 상공이 바로 들어가자 박씨가 한숨을 쉬고 나서 말했다.

"복이 없는 인물이 얼굴과 모양이 추하고 볼품없어, 부모님께 효도도 못하고 부부간에 화락하지도 못하고 가정이 화목하지도 못하니 저는 아무 짝에도 쓸모가 없습니다. 저를 자식으로 여기신다면 후원에 세 칸짜리 초당을 지어 주십시오."

박씨는 말을 마치고 눈물을 흘렸다. 상공이 그 모습을 보고 같이 눈물을 흘리며 불쌍히 여겨 말했다.

"내 자식이 변변치 못하고 못나 아비의 가르침을 듣지 않고 너를 박대하니, 이는 집안의 운수가 길하지 못한 탓이다. 하지만 내 때때로 타일러서 조심시킬 것이니 안심하여라."

박씨가 그 말을 듣고 감격하여 다시 여쭈었다.

"그 말씀을 들으니 지극히 감사하여 어찌할 바를 모르겠습니다. 하지만 이는 애당초 저의 용모가 추하고 보잘것없으며 덕행이 없는 탓이니 누구를 원망하겠습니까. 이 못난

和 樂
화할화 즐거울락
6급 8획 6급 15획

며느리의 소원대로 뒷마당에 초당을 지어주시기 바랍니다."

상공이 대답했다.

"그렇게 하마."

그런 다음, 상공은 바깥채로 나와 시백을 불러 꾸짖었다.

"네가 내 가르침을 거역하니 어디다 쓰겠느냐? 효도를 모르는데 충성을 어찌 알리오. 네가 아비의 명을 거스르고 마음을 고치지 않으면 부자간의 정의는 고사하고 네 아내가 원망을 품을 것이다. 여자는 한쪽으로 치우치는 성질이 있으니, 뒷일을 모를 뿐만 아니라 부녀자가 한을 품으면 오뉴월에도 서리가 내린다고 했다. 네 어찌 아비의 명을 듣지 않는 것이냐? 만일 네 아내가 남편 없이 혼자 빈 방에서 외롭게 밤을 지내는 것을 슬퍼하다가 불행히도 스스로 목숨을 끊으면, 첫째는 조상님들이 너그럽게 받아들이시지 못할 죄인이고, 둘째는 집안의 재앙이 될 것이다. 어찌 걱정하지 않을 수 있겠느냐? 너는 어찌 된 사람이기에 미색만 탐하고 고치지 않는 것이냐?"

시백이 엎드려 사죄했다.

"소자가 못나서 아버님의 가르치심을 거스르고 부부간에 화락하지 못하니, 그 죄는 만 번 죽어도 억울하지 않습

霜
서리 상
3급 17획

니다. 어찌 다시 거역하겠습니까."

그런 다음 시백은 생각했다.

'이후로 다시는 그러지 말아야지.'

시백은 마음을 가다듬고 다시 박씨의 방으로 들어갔다. 그러나 그 얼굴을 보니 눈이 저절로 감기고 기절할 지경이었다. 아무리 마음을 단단히 먹어도 그 괴물을 보고야 어찌 마음이 움직이겠는가.

상공이 그 일을 알고 급히 후원에 작은 초당을 지어주고 몸종 계화로 하여금 같이 지내도록 하니, 박씨의 불쌍하고 가련함을 차마 못 볼 지경이었다.

이러는 가운데 임금이 상공의 벼슬을 올려주고 다음날 *입조하라는 명을 내렸다. 상공은 북쪽을 향해 네 번 절하는 것으로 감사의 인사를 올렸다. 그런데 당장 대궐에 입고 갈 *조복이 없는 것이 걱정이었다.

"헌옷은 색이 바래고 새옷은 미처 준비하지 못했으니, 내일 당장 입조해 임금님을 뵈어야 하는데 하룻밤 사이에 어떻게 준비하겠는가?"

상공이 걱정해 마지않으니 부인이 말했다.

"일이 급하게 되었으니 아무쪼록 바느질 잘하는 사람을

仕
벼슬사
5급 5획

• 입조(入朝) : 벼슬아치가 조정 회의에 들어가는 일.

• 조복(朝服) : 지난날 관원이 입궐하여 임금에게 하례할 때 입던 예복. 붉은 비단으로 지었음.

데려다가 지어 보겠습니다.”

이때 계화가 상공 부부가 조복 때문에 걱정하고 있다는 말을 들었다. 계화는 곧 후원의 초당으로 가서 상공의 벼슬이 높아진 일이며 조복 짓는 일 때문에 낭패스럽게 된 일을 전했다.

박씨가 듣고 계화에게 말했다.

“일이 급하다면 조복 지을 옷감을 가져오너라.”

계화는 박씨의 명을 신기하게 여겨 급히 상공에게 여쭈었다.

상공이 크게 기뻐하며 말했다.

“내 며느리가 신선의 딸이라 반드시 뛰어난 재주가 있을 것이다.”

그리고 계화에게 조복 지을 옷감을 빨리 박씨에게 갖다 주라고 하자 상공의 부인이 크게 웃으며 말했다.

“제가 겉모습이 그런데 무슨 재주가 있겠는가?”

다른 사람들도 또한 빈정거렸다.

“옷감만 버릴 것이니 들여보내지 않는 것이 옳겠다.”

의논이 분분한데, 상공이 웃으며 말했다.

“속담에 이르기를 ‘*형산백옥이 티끌과 흙 속에 묻혀 있

卽
곧즉
3급 9획

• 형산백옥(荊山白玉) : 중국 형산에서 나는 백옥이라는 뜻으로, 보물로 전해 오는 흰 옥돌을 이르는 말.

고 보배 구슬이 돌 속에 들어 있으되 안목이 없으면 알아보지 못한다' 했으니, 인품은 헤아리기가 어려운 것이라. 부인은 어찌 남의 속마음을 그렇게 가볍게 알고 경망스러운 말씀을 하시오?"

부인이 상공의 말을 거역하지 못하고 조복 지을 옷감을 초당으로 보내고 염려가 적지 않았다.

계화가 옷감을 갖다 주니 박씨가 말했다.

"이 옷은 혼자 지을 옷이 아니니 도와줄 사람을 몇 명 불러오너라."

幾
몇 기
3급 12획

계화가 이 말을 전하니 상공이 바느질을 도와줄 사람을 구해 박씨에게 보냈다.

박씨는 등불을 밝히고 옷을 짓기 시작했다. 수놓는 법은 *팔괘 같고 바느질은 *월궁항아 같았다. 대여섯 사람이 할 일을 혼자 하고 이삼 일 동안 할 일을 하룻밤 사이에 해내니, 앞에는 봉황수를 놓고 뒤에는 청학수를 놓았는데, 봉황은 춤을 추고 청학은 날아드는 듯했다.

바느질을 도와준 사람이 감탄하여 말했다.

"우리는 우러러볼 뿐 감히 따라 하지는 못하겠도다."

• **팔괘(八卦)** : 중국 상고 시대에 복희씨가 지었다는 여덟 가지 괘. 〈주역〉에서 세상의 모든 현상을 음양을 겹쳐 여덟 가지의 상으로 나타낸 건·태·이·진·손·감·간·곤을 이른다.

• **월궁항아(月宮姮娥)** : 전설에서 달에 있는 궁에 산다는 선녀. 미인을 비유하는 말로 쓰인다.

핵심⁺ 이시백은 실존인물

이시백은 병자호란 당시 남한산성 방어에 공을 세우고 영의정까지 지낸 실존 인물이다. 그의 아버지 이귀 역시 인조반정(仁祖反正)에 공을 세운 바 있는 실존 인물이다. 그러나 이시백의 부인은 작품 속에서와는 달리 박씨가 아니라 윤씨(尹氏)였다고 한다. 따라서 박씨는 완전한 가상의 인물이거나, 다른 이야기에 등장하는 인물을 결합시킨 것으로 추측할 수 있다.

好樂好樂 한자 노트

날일 | 총 4획 | 부수 日 | 8급

해의 모양을 본뜬 글자이다.

日課(일과) : 날마다 규칙적으로 하는 일정한 일.

日出(일출) : 해가 뜸.

日就月將(일취월장) : 나날이 다달이 자라거나 발전함.

國慶日(국경일) : 나라의 경사를 기념하기 위하여 국가에서 법률로 정한 경축일.

내가 찾은 사자성어

날일 오랠구 달월 깊을심

日 久 月 深

일　구　월　심

내용 ≫ '날이 오래고 달이 깊다' 는 뜻으로, 세월이 흐를수록 바라는 마음이 더욱 간절해짐.

제갈량의 아내였던 황발 부인은 면남의 명사인 황승언의 딸로, 붉은 머리카락에 검은 피부로 그 용모가 매우 추했지만 기이한 재주를 지니고 있었다. 위로는 천문에 능통하고 아래로는 지리에 밝아, 육도 · 삼략 · 둔갑의 병서류를 두루 꿰어 통했다. 제갈량은 그녀의 내조에 의해 학업을 달성할 수 있었을 뿐 아니라, 일생의 사업에도 상당한 도움을 받았다.

흙토 | 총 3획 | 부수 土 | 8급

흙 속에서 식물이 자라는 것을 본뜬 글자이다.

土壤(토양) : 식물에 영양을 공급하여 자라게 할 수 있는 땅.
土偶(토우) : 흙으로 만든 사람이나 동물의 상.
土質(토질) : 흙의 성질.
黃土(황토) : 누렇고 거무스름한 흙.

내가 찾은 속담

흙내가 고소하다

≫ 죽고 싶은 생각이 듦을 비유적으로 이르는 말.

이윽고 조복을 다 지은 박씨가 계화를 불러 말했다.

"어서 대감께 갖다 드려라."

계화가 조복을 받아들고 나와 상공에게 전했다.

상공이 그것을 보고 크게 칭찬했다.

"이것은 신선의 솜씨지 인간의 솜씨는 아니로다."

이튿날 상공이 조복을 입고 대궐로 들어가 임금에게 공손히 절을 했다.

임금이 상공이 입고 있는 조복을 자세히 보다가 물었다.

"경의 조복은 누가 지었는가?"

상공이 아뢰었다.

"신의 며느리가 지었습니다."

"그렇게 솜씨 좋은 며느리를 굶주림과 추위에 허덕이게 하고, 또 남편 없이 혼자 빈 방에서 외롭게 밤을 지내게 하는 것은 어찌 된 일인가?"

임금의 말에 상공이 깜짝 놀라 엎드려 아뢰었다.

"황송하오나, 전하께서는 어찌 이처럼 자세히 알고 계십니까?"

獨
홀로독
5급 16획

"경의 조복을 보니 뒤에 붙인 청학은 신선의 세상을 떠나 넓은 바다로 왔다갔다하며 굶주리는 모습이고, 앞에 붙인 봉황은 짝을 잃고 우는 형상이 분명하니, 그것을 보고 짐작했노라."

"신이 지혜롭지 못한 탓입니다."

상공이 머리를 조아리자 임금이 물었다.

"*독수공방을 하다니, 어떻게 된 일인가?"

"신의 자식이 아비의 가르침을 생각지 아니하고 부부간에 화락하지 못한 탓입니다."

"독수공방은 그렇다 하고, 매일 굶주림과 추위를 견디지 못하여 항상 눈물로 세월을 보낸다는 것은 어떻게 된 일인가?"

상공이 황공함을 이기지 못하여 잠시 망설이다가 다시 아뢰었다.

"신은 바깥채에 거처하고 있어 안채의 일은 알지 못합니다. 하지만 이는 다 신이 어리석고 둔한 탓이오니, 그 죄는 만 번 죽어도 마땅할 것입니다."

"알 수 없는 일이로다. 경의 며느리가 비록 아름답지 못하나 영웅의 풍채를 가지고 있도다. 푸대접하지 말라. 짐

失
잃을 실
6급 5획

• 독수공방(獨守空房) : 아내가 남편 없이 혼자 지내는 것.

이 매일 흰 쌀을 서 말씩 줄 것이니, 지금부터 한 끼에 한 말씩 지어 먹이라. 그리고 경의 집안 식구들이 푸대접하는 것을 각별히 조심하라."

임금이 말했다.

상공이 임금에게 하직 인사를 하고 집으로 돌아왔다. 상공은 집안사람들을 다 불러 모은 자리에서 부인에게 임금이 내린 가르침을 낱낱이 이야기한 다음, 시백을 불러 꾸짖었다.

"부모의 마음을 편하게 하는 것이 자식의 효성이요, 임금의 마음을 편안하게 하고 나라를 태평하게 하는 것이 신하의 충성이라. 네가 아비의 말을 듣지 않고 마음대로 하여 아비로 하여금 황송한 *전교를 받게 하고, 또 여러 동료에게 책망을 듣게 하니, 이는 모두 자식이 불효하기 때문이다."

상공은 분을 참지 못하고 또다시 큰소리로 꾸짖었다.

"너 같은 자식을 무엇에 쓰겠느냐?"

시백이 황송하여 엎드려 대답했다.

汝
너 여

3급 6획

• 전교(傳敎) : 임금이 내린 명령.

"소자가 변변치 못하고 못나서 아버님의 가르치심을 거스르는 바람에, 전하의 황송한 처분과 대신들의 무거운 책망을 들으시게 했습니다. 그 죄 만 번 죽어도 마땅합니다. 이렇게 화를 내시니 황송하여 어찌할 바를 모르겠습니다."

상공이 분기를 이기지 못해 한동안 말없이 있다가, 한참 후 다시 임금이 내린 말씀을 낱낱이 이야기하며 일렀다.

"네가 다시 아비 말을 거역하면, 첫째는 나라에 불충이 될 것이고, 둘째는 부모에게 불효막심한 것이니, 각별히 조심하여라."

그후 시백과 집안사람들이 박씨를 대하는 태도가 다소 달라졌다. 박씨에게 매일 서 말씩 밥을 지어 들여 주니 그것을 거뜬히 다 먹었다. 이를 구경하는 사람들이 모두 다 놀라며 여장군이라 일렀다.

飯
밥반
3급 13획

하루는 박씨가 계화를 불러 말했다.

"대감께 여쭐 말씀이 있으니 그렇게 아뢰어라."

계화가 명을 받들고 나와 상공에게 전하니, 상공이 즉시 내당으로 들어가 물었다.

"무슨 말인지 듣고 싶구나."

"집안 형편이 비록 가난하지는 않지만 그렇다고 넉넉하지는 못하니, 제 말씀대로 하십시오."

상공이 반가워하며 말했다.

"어떻게 하자는 말이냐? 자세히 말해 보아라."

"내일 종로에 나가면 각처에서 사람들이 말을 팔려고 모여 있을 것입니다. 여러 말 가운데 작은 말 하나가 있을 텐데, 피부가 헐고 털이 빠지고 깡마르고 핏기가 없이 헬쑥하여 겉모양은 볼품이 없을 것입니다. 믿을 만한 종에게 돈 삼백 냥만 주어 그 말을 사오라고 하십시오."

상공이 들으니 허황된 생각이 들었다. 그러나 며느리가 보통 사람과 다르다는 것을 알고 있었으므로, 즉시 허락하고 나와 근면하고 성실한 종을 불러 분부를 내렸다.

勤 勉
부지런할근 힘쓸면
4급 13획 4급 9획

"내일 종로에 가면 말장수들이 있을 것이니 너희가 가서 말 한 마리를 사오너라. 많은 말 중 비루먹고 파리한 망아지 한 마리가 있을 것이니, 돈 삼백 냥을 주고 그놈을 사오너라."

노복들이 돈을 받아 가지고 밖으로 나와, 서로 의심스럽게 여기며 이야기했다.

"대감께서 무슨 까닭으로 비루먹고 파리한 말을 삼백 냥이나 주고 사오라고 하시는지, 참으로 이상한 일이로구나."

그 이튿날 노복들이 삼백 냥을 가지고 종로에 나가 보니 과연 말장수들이 모여 있었다. 말이 열 필 있는데, 그중 *비루먹고 파리한 망아지를 찾아 임자에게 값을 물었다.

말 임자가 대답했다.

"닷 냥이오. 그런데 좋은 말이 많은데 하필 저렇게 볼품 없는 것을 사다가 무엇을 하려고 하시오? 좋은 말을 사가시오."

노복들이 대답했다.

"우리 대감께서 그런 놈을 사오라고 분부하셨소."

"그러면 닷 냥만 내고 가져가시오."

"우리 대감께서 삼백 냥을 주고 사오라 하셨으니 삼백 냥에 주시오."

"원래 값이 닷 냥인데 어떻게 비싼 값을 받으라고 하시오?"

"대감의 분부대로 주는 것이니 여러 말 말고 받으시오."

노복들이 삼백 냥을 주자 말 임자는 어찌 된 일인지 몰라 의심하면서 굳이 사양하고 받지 않았다.

노복들은 어쩔 수 없어서 억지로 백 냥을 주고 이백 냥은 숨겨 두었다. 그리고 말을 이끌고 돌아와 상공에게 아뢰었다.

"종로에 가니 과연 대감마님께서 말씀하신 망아지가 있

價
값가
5급 15획

• **비루먹다** : 개나 말, 나귀 따위 짐승이 피부가 헐고 털이 빠지는 병에 걸리다.

어서, 삼백 냥을 주고 사왔습니다."

상공은 즉시 며느리에게 말을 사온 이야기를 했다.

박씨는 노복에게 말을 가져오라고 하여 자세히 보다가 말했다.

"이 말은 삼백 냥이라는 비싼 값을 주어야 쓸모가 있습니다. 그런데 잘 알지 못하는 노복들이 이백 냥은 숨겨놓고 말장수에게 백 냥만 주었으니 쓸데없습니다. 도로 갖다 주라 하십시오."

상공이 이 말을 듣고 박씨의 귀신같이 알아맞히는 능력에 감탄해 마지않으면서 즉시 바깥채로 나와 노복들을 불러 꾸짖었다.

"너희가 말값 삼백 냥 중 이백 냥은 감추고 일백 냥만 주고 사왔으니, 상전을 속인 죄는 차차 엄하게 다스릴 것이다. 어서 숨겨놓은 돈 이백 냥을 가지고 나가서 말 임자에게 주고 오너라. 만일 우물쭈물하다가는 너희 목숨을 보전하지 못할 것이다."

노복들이 사죄하며 말했다.

假
거짓 가
4급 11획

"이렇게 명백하게 아시니 어찌 거짓을 말하겠습니까. 대감께서 시키시는 대로 삼백 냥을 전부 주었는데, 말 임자가 그 본래 값이 닷 냥이라면서 받지 않기에 어쩔 수 없이 억지로 백 냥만 주고 이백 냥은 감추어 두었습니다. 그런데 이렇게 신통하게 알아내시니 소인들의 죄는 만 번 죽어 마땅합니다."

그리고 노복들은 즉시 종로에 나가 그 말장수를 찾아 이백 냥을 주면서 말했다.

"이 양반, 주는 돈을 고집하고 받지 않더니 우리가 상전에게 벌을 받게 되었으니 어쩌겠소?"

固 執
굳을고 잡을집
5급 8획 3급 11획

노복들은 이백 냥을 억지로 맡기고 돌아와 상공에게 아뢰었다.

"말장수를 찾아 이백 냥을 주었습니다."

상공이 즉시 내당에 들어가 그 이야기를 하자 박씨가 말했다.

"그 말을 먹일 때 주의해야 할 일이 있습니다. 한 끼에 보리 서 되와 콩 서 되를 죽을 쑤어 먹이되, 삼 년 동안 세심히 주의하여 먹여야 합니다."

상공이 노복들을 불러 박씨의 말대로 분부했다.

한편, 시백은 아버지의 명을 거역하지 못하여 억지로 박씨와 함께 잠을 자려고 했다. 그러나 그 얼굴을 보면 차마 같이 있을 마음이 없어졌다. 그러다 보니 부부간의 정이 점점 더 멀어져 갔다.

박씨는 초당 이름을 '피화당'이라 짓고 현판을 써붙였다. 그런 다음 몸종 계화를 시켜 후원 협실 전후좌우에 갖가지 나무를 심고, 오색 흙을 가져다가 나무뿌리에 뿌리게 했다. 동쪽에는 푸른 기운을 따라 푸른 흙, 서쪽에는 흰 기운을 따라 흰 흙, 남쪽에는 붉은 기운을 따라 붉은 흙, 북쪽

豆
콩 두
4급 7획

에는 검은 기운을 따라 검은 흙, 그리고 중앙에는 노란 기운을 따라 노란 흙으로 북돋우게 했다. 그리고 때를 맞추어 물을 정성으로 주게 하니, 나무들이 하루가 다르게 자라 모양이 엄숙했다.

신기한 일도 일어났다. 오색구름이 자욱하고, 나뭇가지는 용이 서린 듯 잎은 범이 호령하는 듯 각색의 새와 무수한 뱀이 변화하는 형상이 끝이 없으니, 그 신기한 재주는 귀신과도 비교할 수 없는 것이었다. 무식한 사람이야 어찌 알아보겠는가!

하루는 상공이 계화를 불러 물었다.

"요즘 아씨는 무엇을 하며 지내더냐?"

계화가 아뢰었다.

"후원에 갖가지 색깔의 나무를 심고, 때를 맞추어 소녀로 하여금 물을 주어 기르라고 하셨습니다."

상공이 듣고 계화를 따라 후원으로 가 보았다. 좌우를 살펴보니, 과연 갖가지 색깔의 나무가 사방에 무성한데, 그 모양이 엄숙하여서 바로 보기 어려웠다. 계화를 붙들고 겨우 정신을 차려 보니, 나무는 용과 호랑이로 변하여 바람과 비를 일으키려 하고, 가지는 무수한 새와 뱀이 머리와 꼬리

虎
범 호
3급 8획

를 서로 맞물린 듯하여 변화가 무궁무진했다.

상공이 감탄하여 말했다.

"이 사람은 바로 신인이로다. 여자로서 이 같은 영웅의 지략을 품었으니 신명한 재주를 이루 헤아리지 못하리라."

그리고 박씨에게 물었다.

"저 나무를 무슨 까닭으로 심었느냐? 또 이 집 이름을 피화당이라고 했는데, 그 까닭을 잘 모르겠구나."

"길흉화복은 사람에게 흔히 있는 일입니다. 나중에 급한 일이 있으면 이 나무로 방비하려고 심었습니다."

상공이 그 말을 듣고 까닭을 물으니 박씨가 아뢰었다.

"천기를 어찌 누설하겠습니까? 나중에 자연히 알게 되실 것이오니, 다른 사람에게 퍼뜨리지 마십시오."

상공이 탄식하며 말했다.

"너는 실로 나 같은 사람의 며느리가 되기에 아깝구나. 내 팔자가 기박하여 도리를 모르는 자식이 아비의 가르침을 듣지 않고 부부간에 화목하고 즐겁게 지내지 않고 헛되이 세월만 보내고 있으니, 내 생전에 너희 부부가 화락하게 지내는 것을 보지 못할 것이다."

박씨가 무릎을 꿇고 앉아서 위로했다.

英雄
꽃부리 영 수컷 웅
6급 9획 5급 12획

"저의 용모가 못나서 부부간에 화락한 즐거움을 모르는 것이니, 이것은 모두 저의 죄입니다. 누구를 원망하겠습니까. 다만 제가 원하는 바는, 서방님이 과거에 급제하여 부모님께 영화를 보시게 하고, *입신양명하여 나라를 충성으로 도와 용봉과 비간이 오랜 세월 길이 이름을 날린 것을 본받은 후, 다른 집안에서 아내를 맞아 자손을 보고 아무 탈 없이 오래오래 사는 것입니다. 그러면 저는 죽어도 여한이 없겠습니다."

상공이 그 말을 듣고 박씨의 넓은 마음에 크게 감탄하며, 더욱 불쌍하게 여겨 눈물을 흘렸다.

박씨가 황송하여 위로했다.

"아버님께서는 마음을 놓으십시오. 아무 때라도 설마 화목하게 지낼 때가 없겠습니까? 너무 근심하지 마십시오."

박씨가 상공에게 다시 아뢰었다.

"남편의 허물을 드러내어 집안사람들이 다 불효하다고 낙인을 찍으면, 이것은 모두 저의 허물입니다. 이로 인해 제가 악명을 들을까 염려스럽습니다."

상공이 듣고 감탄하여 박씨의 도량과 후덕함을 칭찬했다.

度 量
법도도 헤아릴량
6급 9획 5급 12획

• 입신양명(立身揚名) : 출세하여 세상에 이름을 떨침.

핵심⁺ 〈박씨부인전〉의 판본

〈박씨부인전〉은 1권 1책의 국문 필사본 37종이 발견되었으며, 활자본으로는 한성서관판 〈박씨전〉과 대창서원판 〈박씨부인전〉 등 8종이 있다. 이 책에서는 앞부분과 뒷부분 모두 선조와 인조 임금 때의 사건으로 구성되어 있는 성문당판 〈박씨부인전〉을 대본으로 했다.

好樂好樂 한자 노트

무거울중 | 총 9획 | 부수 里 | 7급

나무짐을 지고 있는 사람을 본뜬 글자이다.

重大(중대) : 가볍게 여길 수 없을 만큼 매우 중요하고 큼.

重力(중력) : 지구 위의 물체가 지구 중심으로부터 받는 힘.

重金屬(중금속) : 철·금·백금 등 비중이 4 이상인 금속을 통틀어 이르는 말.

荷重(하중) : 어떤 물체에 작용하는 외부의 힘 또는 무게.

내가 찾은 사자성어

숨을은 참을인 스스로자 무거울중

隱忍自重

은   인   자   중

내용» 마음속으로 참고 견디며 몸가짐을 신중히 함.

용봉(龍逢)과 비간(比干)

어진 신하의 대명사 같은 사람들이다. 용봉은 하(夏)나라의 어진 신하인 관용봉(關龍逢)을 말하며, 걸왕(桀王)의 무도함을 간하다가 죽음을 당했다. 걸왕은 폭정을 하면서 못을 만들고 그 못에 술을 가득 채운 다음 뱃놀이를 하고 술찌꺼기를 버린 것이 10리나 되며 그곳에서 3천 명의 사람들이 술을 마셨다고 한다. 비간은 은(殷)나라 주왕(紂王)의 숙부로, 주왕의 학정(虐政)을 간하다가 피살되었다.

얼굴면 | 총 9획 | 부수 面 | 7급
얼굴의 전체 모양을 본뜬 글자이다.

面談(면담) : 만나서 이야기함.
面對(면대) : 서로 얼굴을 마주보고 대함.
面目(면목) : 얼굴의 생김새. 체면, 명예.
面前(면전) : 보고 있는 앞.
面紙(면지) : 책의 앞뒤 표지 안쪽에 있는
　　　　　　 지면.
顔面(안면) : 서로 얼굴을 알 만한 친분.

내가 찾은 속담

얼굴에 모닥불을 담아 붓듯

≫ 몹시 부끄러운 일을 당하여 얼굴이 화끈화끈하다는 말.

어느덧 박씨의 말대로 망아지를 기른 지 삼 년이 되었다. 그 동안 망아지는 준마가 되어 걸음걸이가 호랑이와 같이 날래었다.

박씨가 상공에게 아뢰었다.

"아무달 아무날 명나라 사신이 우리나라에 올 것이니, 그 말을 가져다가 그 사신이 오는 길에 매어두십시오. 사신이 그 말을 보면 사려고 할 것입니다. 노복에게 삼만 냥을 받고 팔아 오라고 시키십시오."

상공은 박씨의 말대로 노복을 불러 분부한 후 사신이 오기를 기다렸다.

과연 며느리가 말한 날 사신이 온다고 했다. 노복들이 말을 끌고 나가 사신이 오는 길에 매어두었다.

사신이 지나가다가 그 말을 보고 파는 것이냐고 묻자 노복이 대답했다.

賣
팔매
5급 15획

"팔 말입니다."

사신이 또 물었다.

"값은 얼마나 받으려 하느냐?"

"삼만 냥은 받아야 합니다."

그 사신이 매우 기뻐하며 삼만 냥을 아끼지 않고 그 말을 사갔다.

노복들이 돈을 받아 가지고 돌아와 상공에게 말을 판 사연을 낱낱이 아뢰었다.

삼만 냥을 얻자 집안 살림이 넉넉해졌다. 상공이 박씨에게 물었다.

"말 값으로 삼만 냥이나 되는 많은 돈을 받았는데, 까닭을 잘 모르겠구나. 어찌 된 연고냐?"

"그 말은 한 번에 천 리를 달리는 준마입니다. 조선은 작은 나라라 알아볼 사람도 없을 뿐 아니라 지역이 좁아 쓸 곳이 없습니다. 하지만 명나라는 지역이 넓어 족히 쓸만합니다. 그 사신은 훌륭한 말을 알아보고 삼만 냥을 아끼지 않은 것입니다. 조선에서야 누가 준마를 알아보겠습니까? 그런 까닭으로 그 사신에게 팔았습니다."

상공이 듣고 감탄해 마지않았다.

"너는 여자지만 먼 앞날의 일을 환히 내다보는 눈이 있구나. 실로 그 재주가 아깝도다. 만일 남자로 태어났더라면 나라를 구하는 충신이 되었을 텐데 한스럽구나."

나라가 태평한데다가 날씨까지 좋아 풍년이 들었다. 나라에서는 인재를 선발하기 위해 과거를 실시한다고 발표했다. 그 말을 듣고 시백은 과거에 응시하리라 마음을 먹었다.

시백이 과거를 보러 가기 전날 밤, 박씨가 꿈을 꾸었다. 후원 연못 가운데 화초가 활짝 피었는데, 벌과 나비가 날아드는 가운데 벽옥 연적이 놓여 있었다.

갑자기 벽옥 연적이 변하여 푸른 용이 되었다. 용은 푸른 바다로 가서 노닐다가 *여의주를 얻어 가지고 빛깔 고운 구름을 타고 *옥경으로 올라갔다. 박씨가 잠에서 깨어 생각하니 한바탕 꿈이었다.

잠을 이루지 못하여 이런저런 생각을 하다가, 동쪽 하늘이 밝아오기에 급히 후원으로 나가 보니 과연 벽옥 연적이 놓여 있었다.

자세히 보니 꿈속에서 본 그 연적이 분명했다. 반갑게 여겨 갖다놓고 계화를 불렀다.

"여쭐 말씀이 있으니 서방님께 잠깐 다녀가시라고 전하거라."

계화가 시백에게 박씨의 말을 전했다.

• 여의주(如意珠) : 용의 턱 아래에 있는 영묘한 구슬. 이것을 얻으면 무엇이든 뜻하는 대로 이룰 수 있다고 한다.

• 옥경(玉京) : 하늘 위에 옥황상제가 산다는 가상적인 서울.

시백이 듣고 얼굴빛을 엄하게 하고 꾸짖었다.

"요망한 박씨가 어찌 감히 나를 부르느냐?"

계화가 무색하여 들어와 부인에게 그 사연을 고했다.

박씨가 다시 계화를 시켜 시백에게 말을 전했다.

"잠깐 들어오시면 드릴 것이 있으니 한 번 수고를 아끼지 마십시오."

시백이 듣고 또 몹시 화를 냈다.

"요망한 계화를 다스려 그 요망함을 누를 것이다."

시백은 계화를 잡아 크게 꾸짖고 매 삼십 대로 엄하게 다스려 돌려보냈다.

계화가 매를 맞고 울며 들어오니 박씨가 깜짝 놀라 하늘을 쳐다보며 탄식했다.

"슬프다! 나의 죄 때문에 죄 없는 네가 무거운 벌을 받았으니 이렇게 분한 일이 어디 있겠느냐."

박씨는 다시 계화에게 연적을 주며 말했다.

"서방님께 이 연적을 갖다 드려라. 그리고 이 연적의 물로 먹을 갈아 글을 지어 바치면 장원급제할 것이라고 말씀드려라. 입신양명하거든 부모님 앞에서 **영화**롭게 사는 모습을 보여드리고 가문을 빛낸 후, 나같이 운명이 기구한 사

榮 華
영화영 빛날화
4급 14획　4급 12획

람은 생각하지 말고 이름난 가문의 요조숙녀를 아내로 맞아 태평하게 해로하시라고 해라."

계화가 명을 받들고 가서 앞뒤 사연을 자세히 아뢰었다. 시백이 다 듣고 연적을 받아 살펴보니 천하에 둘도 없는 보배였다.

시백은 자신의 허물을 뉘우치고 스스로 책망하며 박씨에게 전갈했다.

"나의 어리석고 못남을 부인의 너그러움으로 풀어 버리고 마음을 놓으시오. 태평하게 즐거움을 함께하기를 바라오."

또 계화를 불러 너무 지나치게 벌을 내린 것을 개탄해 마지않으며 좋은 말로 달랬다.

이튿날, 시백은 그 연적을 들고 과거장으로 들어갔다. 글의 제목이 발표되자 시험지를 펼치고 연적의 물로 먹을 갈아 단숨에 힘차게 써내려가 모든 사람들에 앞서 바쳤다. 그 글이 매우 잘되어 고칠 데가 없었다.

시백이 글을 바치고 방문이 나붙기를 기다린 지 한참 후에 방이 내걸렸다. 장원에 이시백이었다.

높은 *춘당대에서 *신래를 재촉하는 소리가 장안에 쩌

放
놓을 방
6급 8획

• 춘당대(春堂臺) : 창경궁 안에 있는 대. 과거 시험 장으로 쓰였던 곳.

• 신래(新來) : 새로 과거에 급제한 사람.

54 | 박씨부인전

렁쩌렁 울렸다. 시백은 공손히 몸을 구부리고 대궐 앞에 들어가 대기했다. 임금이 신래를 나아가고 물러나게 했는데, 이윽고 시백을 가까이 오라 하여 자세히 보다가 칭찬해 마지않으며 나라에 충성을 다할 것을 거듭 당부했다.

시백은 *사은숙배하고 집으로 돌아갔다. 어사화를 머리에 꽂고, 금옥대를 허리에 두르고, 말 위에 반듯이 앉았으니, 거침없는 풍채도 좋을 뿐 아니라 갖춘 기구도 찬란했다.

宅
집 택
5급 6획

• 사은숙배(謝恩肅拜) : 예전에, 임금의 은혜에 감사하며 공손하고 경건하게 절을 올리던 일.

청홍기를 앞세우고 사면에서는 *육각 소리가 진동하며 한 소년이 말 위에 침착하게 앉아 물밀듯 나오니, 그 모습이 실로 인간 세상에 내려온 신선 같았다. 이를 구경하며 칭찬하지 않는 사람이 없었다.

시백이 집에 돌아오자 풍악을 갖추고 큰 잔치를 베풀어 며칠을 즐겼다. 이처럼 좋은 일에 박씨는 **참여하지** 못하고 홀로 적막한 초당에 앉아 있으니, 어찌 슬프지 않겠는가.

계화는 박씨가 빈 방에서 홀로 적막하게 지내는 고초를 불쌍하게 여겨 아뢰었다.

"요사이 경사로 며칠째 잔치를 베풀어 일가친척이 아래윗사람 없이 즐기고 있습니다. 아씨는 홀로 참여하지 못하고 적막한 초당에서 수심에 찬 얼굴로 세월을 보내시니, 제가 뵙기에도 우울하고 답답하여 매우 딱합니다."

박씨가 태연하게 말했다.

"사람의 길흉화복은 하늘에 달려 있으니 무슨 슬픔이 있겠느냐?"

계화는 이 말을 듣고 부인의 너그럽고 어진 마음에 감탄했다.

參 與
참여할참 더불여
5급 11획 4급 14획

• 육각(六角) : 북 · 장구 · 해금 · 피리 · 태평소 한 쌍으로 이루어진 악기 편성.

세월이 물과 같이 흘러 박씨가 시집와서 괴롭고 어려운 일을 겪으며 지낸 지도 사 년이 흘렀다.

하루는 박씨가 슬픔을 이기지 못하여 상공에게 아뢰었다.

"제가 시집온 지 사 년인데 친정 소식을 알지 못하니, 잠깐 다녀올까 합니다."

상공이 듣고 말했다.

"이곳에서 네 친정까지는 수백 리나 되고, 길도 험해 남자도 다니기가 어려운데, 규중 여자의 몸으로 어찌 오가려고 하느냐?"

박씨가 다시 아뢰었다.

"험한 길에 드나들기 어려운 줄은 알고 있습니다만, 염려 마시고 다녀오게 해 주십시오."

"네가 부득이 간다 하니 말리지는 못하겠구나. 내일 행장을 갖추어 노복들을 딸려 보낼 테니 다녀오너라."

"행장과 노복들은 그냥 두십시오. 저 혼자 말을 타고 갔다가 며칠 안으로 돌아오겠습니다. 번거로이 남들에게 말하지 마십시오."

상공은 며느리의 재주를 아는 까닭에 어쩔 수 없이 허락했다. 그러나 그 곡절을 알 수 없어 염려가 되었다. 잠잘 때

許
허락할 허
5급 11획

나 밥을 먹을 때나 안심이 되지 않았다.

박씨가 초당으로 돌아와 계화를 불러 말했다.

"내 잠깐 친정에 다녀올 것이니, 너만 알고 누구에게 이야기하지 마라."

그리고 박씨는 그날 밤에 홀로 떠났다.

수삼 일이 지나니 과연 박씨가 돌아와 상공에게 문안을 했다. 상공이 보고 한편으로는 깜짝 놀라고 한편으로는 크게 기뻐하며 말했다.

問 安
물을문 편안할안

"우리 며느리의 신기한 술법은 귀신도 짐작하지 못하겠구나. 그래, 아버님께선 안녕하시더냐?"

박씨가 대답했다.

"아직은 건강도 여전하신데, 아무달 아무날 오신다고 하셨습니다."

박씨의 말을 듣고 상공은 하루하루 처사가 오기를 기다렸다.

이윽고 처사가 온다는 날이 되었다. 상공이 혼자 바깥채에 앉아 있으니 박 처사가 들어왔다.

상공이 의관을 바로 하고 당 아래로 내려가 맞아들였다. 예의를 갖추어 인사를 마치고 자리를 정해 앉았다. 두 사람은 술잔을 나누며 그 동안 서로 만나보지 못한 아쉬움을 이야기했다.

술이 반쯤 줄어들자 상공이 처사에게 말했다.

"사돈어른을 뵈니 반가운 마음 비길 데 없으나, 한편으로는 송구스러운 마음을 헤아릴 수 없습니다."

"무슨 말씀이신지 듣고 싶습니다."

처사의 말에 상공이 다시 말했다.

"내 자식이 못나고 변변치 못해서 귀한 따님을 박대하여 부부간에 화목하고 즐겁게 지내지 못하기에 늘 깨우쳐서 삼가게 했으나, 끝내 아비의 명을 거역하니 어찌 불안하지 않겠습니까?"

"공의 넓으신 덕으로 나의 보잘것없고 추한 자식을 더럽다 하지 않으시고 지금까지 슬하에 두시니 감사한 마음이 끝이 없습니다. 이렇게 말씀하시니 오히려 송구스럽습니다. 사람 팔자의 길흉화복은 하늘의 뜻에 달려 있는 것이니 지나치게 근심하지 마십시오."

상공이 처사의 말을 듣고 더욱 미안하게 여겼다.

상공과 처사는 날마다 바둑과 음률로 시간을 보냈다.

하루는 처사가 딸의 방에 들어가 조용히 일렀다.

猶
오히려 유
3급 12획

"이제 너의 액운이 다 끝났으니 누추한 겉껍질을 벗도록 해라."

처사는 껍질을 벗고 변신하는 술법을 가르치고 다시 말했다.

"네가 변신하여 누추한 허물을 벗거든 그 허물을 버리지 마라. 시아버님께 여쭈어 옥함을 만들어 달라고 하여 그 속에 그것을 넣어 두어라."

그리고 처사는 밖으로 나와 즉시 작별하는데, 부녀간의 애닯은 정리는 비할 데가 없었다.

딸과 헤어진 처사는 바깥채로 나와 이번에는 상공에게 작별 인사를 했다.

상공이 며칠 더 묵고 갈 것을 청했으나 처사는 듣지 않고 떠나려 했다. 상공은 어쩔 수 없이 한잔 술로 작별하고 문 밖에 나가 전송했다. 이때 처사가 상공에게 말했다.

"지금 작별하면 다시 만나기 어려울 것이니 내내 무고하시고 복록을 누리십시오."

상공이 깜짝 놀라 말했다.

"아니, 그게 무슨 말씀입니까?"

"서로간에 떠나고 다시 만날 것을 약속할 수 없는 심정은 한 입으로 다 말하기 어렵습니다. 이번에 헤어져 산속으로 들어가면 다시 속세에 나오기 어려울 것 같아 그렇게 말씀드리는 겁니다."

처사의 말에 상공은 어쩔 수 없이 아쉽고 슬프게 여기며 작별을 했다.

핵심⁺ 여인 천하

〈박씨부인전〉에서는 여인 천하라고 할 정도로 여성들이 남성보다 우위에 있다. 신선의 딸인 주인공 박씨를 비롯하여 곁에서 시중을 드는 계화, 만 리를 훤히 본다는 오랑캐 왕의 귀비, 여자객 기홍대 등, 여성들의 눈부신 활약상을 보여 주고 있다. 이는 여성도 남성 못지않게 우수한 능력을 갖추어 나라의 어려움을 담당할 수 있다는 의식을 나타낸 것이다.

好樂好樂 한자 노트

말씀어 | 총 14획 | 부수 言 | 7급

제각기 자기(吾)의 의견을 나타내어 논란하는 말(言)을 뜻한다.

語感(어감) : 말소리 또는 말투의 차이에 따라 말이 주는 느낌.

語錄(어록) : 훌륭한 학자나 지도자들이 한 말을 간추려 모은 기록.

語調(어조) : 말의 가락, 말하는 투.

外國語(외국어) : 다른 나라의 말.

내가 찾은 사자성어

흐를류 말씀언 바퀴비 말씀어
流 言 蜚 語
유 언 비 어

내용 » '아무 근거 없이 널리 퍼진 소문'이라는 뜻으로, 터무니없이 널리 퍼진 뜬소문.

과거는 신라 원성왕 때 실시한 독서삼품과가 시초이며 고려 광종 때 당나라
제도를 참고하여 실시하였다. 어사화는 조선시대 문무과에 급제한 사람에게
임금이 내린 꽃. 가는 참대(竹) 오리 둘을 푸른 종이로 감고 꼬아서 군데군데
에 청·홍·황 3색의 가화(假花)를 달아, 한쪽 끝을 관 뒤에 꽂고 한쪽 끝을
붉은 명주실로 잡아매어, 머리 위로 휘어 넘겨서 입에 물고 3일유가(시가행진)
를 했다.

밥식 | 총 9획 | 부수 食 | 7급

음식을 담는 그릇에 뚜껑까지 덮은 모양을 본뜬
글자이다.

食口(식구) : 한집에서 함께 살며 끼니를 함
　　께하는 사람.
食事(식사) : 끼니로 음식을 먹음.
食前(식전) : 식사하기 전.
斷食(단식) : 일정 기간 동안 의식적으로 음
　　식을 먹지 않음.

내가 찾은 속담

먹기 싫은 밥에 재나 뿌리지

≫ 제가 싫다고 남도 못하게 방해를 놓는 심술을 이르는 말.

5 허물을 벗은 박씨 부인

어느 날, 박씨가 목욕을 깨끗이 하고 마음을 가다듬어
*둔갑법을 행하니 추한 허물이 벗어졌다. 날이 밝자 박씨
는 계화를 불러들였다. 계화가 들어가니 홀연 예전에 없던
매우 아름다운 사람이 방안에 앉아 있었다.

계화가 눈을 씻고 자세히 보니 아리따운 얼굴과 기이한
태도는 월궁항아와 *무산신녀라도 따르지 못할 것 같았다.
한번 보고 정신이 아득하여 숨도 못 쉬고 멀찌감치 앉았는
데, 박씨가 꽃과 달 같은 얼굴을 들고 붉은 입술을 반쯤 열
어 계화에게 말했다.

"내가 지금 허물을 벗었으니 밖에 나가 야단스럽게 다른
사람들에게 떠벌리지 말고, 대감께 아뢰어 '옥함을 만들어
주십시오' 해라."

계화가 명을 받들고 급히 바깥채로 나오는데, 기쁜 빛이
얼굴에 가득하므로 상공이 반가워하며 물었다.

"무슨 좋은 일을 보았기에 그렇게 기쁜 빛이 얼굴에 가
득하냐?"

계화가 말했다.

房
방방
4급 8획

• 둔갑법(遁甲法) : 마음대
로 자기 몸을 감추거나
다른 것으로 변하게 하는
방법.

• 무산신녀(巫山神女) : 중
국 사천성 무산에 살았다
는 선녀로, 비할 데 없이
아름다웠다고 한다.

"피화당에 신기한 일이 있으니 들어가 보십시오."

상공이 이상하게 여겨 계화를 따라 급히 피화당으로 달려갔다.

방문을 열어 보니 향기로운 냄새가 코를 찌르는데, 그 안에 한 미인이 앉아 있었다. 아리땁고 화려하면서도 점잖고 얌전해 보이는 것이 이른바 요조숙녀이고, 정말로 뛰어나게 아름다운 여인이었다. 그 여인이 부끄러움을 머금고 일어나 상공을 맞았다. 상공은 마음속으로 이상함을 이기지 못하여 아무 말 없이 쳐다만 보고 있었다.

淑 女
맑을 숙 계집 녀
3급 11획 | 8급 3획

계화가 상공에게 말했다.

"부인이 어젯밤에 허물을 벗으시고, 쓸 데가 있으니 대감께 청하여 옥함을 만들어 달라고 하셨습니다."

상공이 그제야 가까이 다가가 말했다.

"네가 어찌 이런 절세가인이 되었느냐? 천고에 본 적이 없는 이상한 일이로구나."

박씨가 고개를 숙이고 말했다.

"제가 이제야 액운이 다 끝났기에 누추한 허물을 벗었습니다. 청컨대 옥함 하나를 만들어 주십시오. 그 안에 허물을 넣어 두려 합니다."

상공이 그 신기한 변화에 감탄하고, 즉시 나와 옥을 다루는 장인을 불러 옥함을 만들게 했다.

며칠 만에 옥함이 다 만들어지자, 상공은 그것을 박씨에게 보내고 아들 시백을 불러 말했다.

"얼른 들어가 네 아내를 보아라."

시백이 아버지의 명에 따라 들어가는데, 얼굴을 찡그리며 생각했다.

'그런 추하고 볼품없는 사람을 무슨 까닭으로 들어가 보라고 하실까?'

시백이 망설이고 있는데, 계화가 바삐 나와 난간 밖에서 맞았다.

시백이 계화에게 물었다.

"피화당에 무슨 일이 있기에 네 얼굴에 기쁜 빛이 드러나느냐?"

"방에 들어가면 자연히 알게 되실 것입니다."

시백이 계화의 말을 듣고 더욱 의심스러워 급히 들어갔다. 문을 열고 보니, 한 부인이 단정하게 앉아 있었다. 달나라 항아 같고 실로 요조숙녀였다.

한번 보고는 정신이 아득했다. 마음이 취한 것도 같고 홀

端 正
끝단 바를정
4급 14획 7급 5획

린 것도 같아 얼른 들어가 말을 하고 싶었다. 그러나 그 얼굴을 잠깐 살펴보니 *추풍한설같이 차가워서 도저히 말을 붙일 수가 없었다. 감히 들어가지 못하고 나오며 계화에게 물었다.

"그 흉한 인물은 어디 가고 저런 달나라 항아가 되었느냐?"

계화가 웃음을 머금고 말했다.

"아씨가 둔갑술을 행하여 항아와 같이 되셨습니다."

시백이 듣고 깜짝 놀라며 스스로 사물을 바로 알아보는 눈이 없음을 한탄했다. 삼사 년 동안 박씨를 박대한 것을 생각하니 미안하고 부끄러웠다.

시백이 바깥채로 나오니 상공이 물었다.

"지금 들어가 보니 네 아내 얼굴이 어떠하더냐?"

시백이 송구스러워 대답하지 못하자 상공이 다시 말했다.

"사람의 길흉화복은 마음대로 못하는 것이다. 네게 맡긴 사람을 삼사 년 동안 박대했으니 무슨 면목으로 아내를 대하려 하느냐? 사물을 꿰뚫어보는 눈이 그렇게 없고서야 어찌 공을 세워 널리 이름을 떨치기를 바라겠느냐? 모든 일을 이와 같이 하지 마라."

寒 雪
찰한 눈설
5급 12획 6급 11획

• 추풍한설(秋風寒雪) : 가을 바람과 차가운 눈발.

허물을 벗은 박씨 부인 **67**

시백이 엎드려 명을 듣고 더욱 송구스러워 아무 말도 못하고 밖으로 나갔다.

날이 저물어 시백이 피화당으로 들어가니, 박씨가 촛불을 밝히고 얼굴빛을 엄숙하게 갖추고 앉아 있었다. 쌀쌀하기가 서리 같아서 시백은 감히 한 마디도 하지 못하고 박씨가 먼저 말하기만 기다리고 있었다. 그러나 끝내 말이 없었으므로, 시백은 지난 일을 후회하고 스스로 책망하며 말했다.

"부인이 이렇게 하시는 것은 내가 여러 해를 박대한 탓이로다."

시백이 한탄해 마지않았으나, 부인은 옳다 그르다 한 마디도 대꾸하지 않았다. 시백은 어쩔 수 없이 등불 아래 앉아 있었다.

어느덧 닭 우는 소리가 먼 마을에서 들려왔다. 시백은 바깥채로 나와 세수를 하고 어머니에게 문안을 드리고 물러나왔다.

서당에서 지내며 종일토록 마음을 정하지 못했다. 날이 저물기를 기다렸다가, 밤이 되어 다시 피화당에 들어갔다. 박씨의 엄숙함이 전날보다 더욱 심했다. 시백이 죄지은 사

酉
닭 유
3급 7획

람처럼 앉아 박씨가 말을 할 때만 기다리고 있었다. 그런
가운데 또다시 밤을 새우고 날이 밝으니, 말없이 나와 양
친께 문안을 드리고 물러나왔다. 글방에 나와 생각해 보니
말할 수 없이 후회가 되었다.

이렇게 저물면 피화당에 들어가 앉아서 밤을 새우고 낮
이면 서당에 나와 한탄하기를 여러 날에 이르니, 자연히
병이 되었다.

어느 날, 시백이 등불 아래 앉아서 생각했다.

'아내라고 얻은 것이 흉한 모습을 하고 있어 평생에 원이 맺혔었더니, 지금은 월궁항아와 같은 미인이 되었다. 그런데 말 한마디 주고받지 못하고 골수에 병이 되었으니, 첫째는 내가 사람을 알아보는 눈이 없었던 탓이고, 둘째는 내가 어리석고 둔한 탓이고, 셋째는 아버님의 말씀을 듣지 않은 탓이로다.'

시백은 다시 정신을 가다듬고 피화당에 들어가 박씨에게 사죄했다.

"부인의 침소에 여러 날 들어왔으나 얼굴을 굳히고 마음을 풀지 않으니 이는 모두 나의 허물이오. 누구를 원망하고 누구를 탓하겠소. 부인으로 하여금 삼사 년 동안 빈 방에서 혼자 외로이 지내게 한 죄는 무엇이라 변명할 길이 없으나, 부인은 마음을 돌이켜 사람을 구해 주오. 나 죽는 것은 섭지 않으나, 젊은 나이에 제 명을 다하지 못하고 죽으면 불효막심이요, 죽어서 지하에 간다 한들 무슨 면목으로 조상님들을 뵐 수 있겠소? 생각하면 매우 곤란한 지경이니, 부인은 깊이 생각하시오."

시백이 슬픔을 못이겨 눈물을 흘리니 박씨의 마음이 다

莫 甚
없을막 심할심
3급 11획 3급 9획

소 돌아섰다. 그 말을 들으니 불쌍하고 가여운 마음이 없는 것이 아니어서, 박씨는 꽃과 달같이 아리따운 얼굴을 더욱 또렷이 하고 책망하여 말했다.

"예부터 조선은 예의가 바른 나라라고 했습니다. 사람이 오륜을 모르면 어찌 예의를 알겠습니까? 서방님은 아내가 못생겼다고 하여 삼사 년을 천대했으니 부부유별은 어디 있습니까? 옛 성현들이 이른 말에 '가난할 때 함께 고생한 아내는 내치지 못한다' 했는데, 서방님은 다만 아름다운 얼굴만 생각하고 부부간의 도리는 생각하지 않았으니 어찌 덕을 알겠습니까? 처자의 마음이 깊고 얕음을 모르고 출세하여 이름을 세상에 드날린들 어찌 나라를 지키고 백성을 편안하게 할 재주가 있겠습니까? 지식이 저렇게 없는데 충효를 어찌 알며 백성을 편안히 할 도리는 어찌 알겠습니까? 이후로는 효도를 다하여 수신제가를 마음 깊이 새기십시오. 저는 비록 아녀자이나 서방님 같은 남자는 부럽게 생각하지 않습니다."

그 말이 올바르고 말에 나타나 있는 마음씀이 엄정했다. 시백은 자신이 한 일을 생각하니 입이 있어도 할 말이 없었다. 부끄러운 마음을 어찌하지 못하고 되풀이해서 사죄할

深
깊을심
4급 11획

뿐이었다.

박씨는 시백을 가만히 바라보다가 한참 후에 말했다.

"제가 본래의 모습을 감추고 추한 얼굴로 있었던 것은 서방님으로 하여금 미혹에 빠지지 않게 하여 한마음으로 공부하게 하려 함이고, 그 사이 제가 아무 말도 하지 않은 것은 서방님으로 하여금 지나간 잘못을 스스로 뉘우치도록 하게 함입니다. 지금 본래의 얼굴을 찾았으니 한평생 마음을 풀지 않으려고 했으나, 여자의 연약한 마음으로 장부를 속이지 못하여 지나간 일을 풀어 버리는 것입니다. 부디 이후로는 명심하십시오."

시백이 말을 다 듣고 나서 매우 기뻐하며 말했다.

"나는 속세의 무식한 사람이고, 부인은 하늘에 사는 선녀의 풍채와 태도를 가지고 있소. 아량이 넓은데다가 생각이 깊고, 보통 사람과는 달리 마음이 밝고 말이 순리에 맞으며 씩씩하시오. 그 반면 나처럼 누추한 인물은 지식이 얕고 짧아 착한 사람을 몰라보니, 어찌 신선 세상의 사람에 비교하겠소? 그러므로 부부간에 화락하지 못하여 사람의 도리를 폐할 지경에 이르렀던 것이니, 지나간 일을 다시 마음에 두지 마시오. 옛 성현이 이르시기를 '아무리 슬기로

聖 賢
성인성 어질현
4급 13획 4급 15획

72 | 박씨부인전

운 사람이라도 많은 생각 가운데 한 가지쯤은 실책이 있게 마련'이라고 하였으니, 존귀한 마음에 맺힌 것을 풀어 버리시오."

박씨가 자리를 고쳐 앉으며 말했다.

"지나간 일은 다시 말씀하지 마시고 마음을 놓으십시오."

이와 같이 서로 이야기를 나누는 동안에 밤이 깊어 자정 무렵이 되었다. 시백이 박씨의 아리따운 손을 이끌고 잠자리에 들어 삼사 년 그리던 회포를 풀고 부부간에 즐거움을 나누니, 그 정이 산과 같고 바다와 같았다.

引
끌인
4급 4획

핵심+ 변신(變身)

〈박씨부인전〉에서 '변신' 이라는 모티프는 작품의 구성상 사건의 전환점 역할을 하고 있다. 박씨의 변신은 보통 사람을 뛰어넘는 부덕과 신묘한 도술로 여성의 우수한 능력을 보이는 계기가 된다. 변신한 박씨는 남편을 비롯한 시집 식구들과 다른 양반집 부인들에게 인정을 받는다. 따라서 박씨의 변신은 그때까지 속해 있던 세계에서 다른 세계에 들어간다는 의미를 가진다.

好樂好樂 **한자 노트**

아름다울미 | 총 9획 | 부수 羊 | 6급

큰(大) 양(羊)은 털도 길고 멋지다는 데서, 아름답다는 뜻이 되었다.

美觀(미관) : 아름답고 훌륭한 풍경.
美男(미남) : 얼굴이 잘생긴 남자.
美人計(미인계) : 미인을 이용하여 사람을 꾀는 계략.
自然美(자연미) : 사람의 손길이 가지 아니한 본래의 아름다움.

내가 찾은 사자성어

기울경 나라국 갈지 빛색
傾國之色
경 국 지 색

내용》 '나라가 기울어지게 할 정도로 빼어난 미녀' 로 한 나라 안에서 제일가는 아름다운 여자를 이르는 말.

조강지처(糟糠之妻)

조(糟)는 지게미, 강(糠)은 쌀겨라는 뜻으로, 지게미와 쌀겨로 끼니를 이어가며 고생한 본부인을 이르는 말이다. 처녀로 시집와서 여러 해를 같이 살아온 아내라면 모두 조강지처라 할 수 있다. 《후한서》에 '송홍(宋弘)이 말하기를, 가난할 때 사귄 친구는 잊지 못하고 가난할 때 함께 고생한 아내는 내치지 못한다' 라는 구절이 있다.

병병 | 총 10획 | 부수 疒 | 6급

남쪽(丙)의 열이 점점 심해진다는 뜻으로, '병'과 '근심'으로 쓰인다.

病苦(병고) : 병으로 인한 괴로움.

病菌(병균) : 병의 원인이 되는 균.

病名(병명) : 병의 이름.

間病(문병) : 앓는 사람을 찾아가 위로함.

重病(중병) : 목숨이 위태로울 정도로 몹시 앓는 병.

내가 찾은 속담

병은 한 가지, 약은 천 가지

>> 한 가지 병에 대하여 그 치료법이 매우 많음을 일컫는 말.

박씨가 허물을 벗은 후로부터 모부인이며 노복들이 전에 박대한 것을 뉘우치고 자책했다. 박씨의 신명함에 탄복하고 상공의 마음속에 품은 큰 책략을 못내 칭송하면서, 집안에 뜻이 맞아 화목하게 지냈다.

박씨의 모습이 변했다는 소문은 장안에 쫙 퍼졌다. 어떤 사람은 신기한 나머지 사사로이 들어와 보기도 하고, 재상 집안의 부인들은 그 신기함에 대해 일컬으며 간혹 초청해 보기도 했다.

招 請
부를초 청할청
4급 8획 4급 15획

하루는 한 재상의 집에서 박씨를 청하여 술과 과일로 대접했다. 여러 부인들이 다투어 서로 술을 권하여 발갛게 취하자 박씨에게 재주를 보여 달라고 청했다. 박씨는 재주를 자랑하려고 술잔을 받아 거짓으로 내리쳐 술을 치마에 적시고 그 치마를 벗어 계화에게 주며 말했다.

"치마를 불 속에 던져 태워라."

계화가 명을 받들어 치마를 불로 던졌다. 그런데 치마는 타지 않고 광채가 더해졌다. 계화가 치마를 가져다가 박씨 부인에게 드리니, 여러 부인들이 그 까닭을 물었다.

박씨가 대답했다.

"이 비단의 이름은 화염단이라고 하는데, 혹 빨려면 물에 빨지 못하고 태워서 빱니다."

여러 부인들이 모두 다 신통하게 여기고 탄복하며 물었다.

"그러면 그 비단은 어디서 났습니까?"

"인간 세상에는 없고 월궁에서 만든 것입니다."

박씨의 대답에 여러 부인들이 또 물었다.

"입으신 저고리는 무슨 비단입니까?"

"이 비단은 패월단입니다. 저의 아버님께서 동해 용궁에 가셨을 때 얻어오신 것이니, 이것도 용궁에서 납니다."

박씨가 그 비단은 물에 넣어도 젖지 않고 불에 넣어도 타지 않는 비단이라 하자, 부인들이 듣고 신통하게 여겨 칭찬해 마지않았다.

火
불화
8급 4획

여러 부인들이 술을 부어 박씨에게 권했다. 박씨가 술이 과하여 사양했지만, 모든 부인들이 굳이 권했다. 박씨가 마지못해 술을 받아 가지고 봉황 모양으로 만든 비녀를 빼어 잔 가운데를 가로막았다. 그러자 술잔이 반으로 갈라졌다. 박씨가 술잔 한쪽을 들어 마시고 내려놓으니, 다른 한

쪽이 칼로 베어낸 듯 잘려 반이 남았다.

　모든 부인들이 술잔을 보고 신기함을 이기지 못하여 말했다.

　"부인에게는 선녀의 기품이 있다고 하더니 과연 그 말이 옳구나. 이와 같이 신기한 일은 예부터 지금까지 없었던 일이라. 어떻게 인간 세상에 내려왔을까? 옛날 진시황과 한무제도 만나지 못했던 신선을 우리는 우연히 만났으니 어찌 즐겁지 않겠는가."

　부인들은 서로 봄 흥취를 말하며 글을 지어 화답했다.

　이때 계화가 말했다.

　"이렇게 좋은 봄경치에 흥을 돕고 백화가 만발하여 봄빛을 자랑하니, 저도 이렇게 좋은 때를 만나서 노래 한 곡으로 여러 부인들을 위로할까 합니다."

　그 자리에 있던 사람들이 그 말을 기특하게 여겨 노래 부르기를 재촉했다. 계화가 붉은 입술을 반쯤 열어 노래 한 곡을 부르니, 그 소리가 맑고 아름다웠다. 그 노래의 내용은 이러했다.

　'천지는 만물의 여관이요 시간은 영원히 쉬지 않고 지나가는 나그네와 같다. 하루살이 같은 이 세상에 떠도는 인생이 꿈과 같구나. 봄바람에 실버들이 흔들리는 좋은 때에 놀지 않고 어찌하겠는가. 지난날을 헤아리고 지금을 살펴 보니 백 대에 걸친 흥함과 망함은 봄바람에 어지러이 흩날 리는 그림자처럼 부질없고, 한때의 변화는 장자가 나비가 되었는지 나비가 장자가 되었는지 모르는 것과 같이 모든 것이 본래 다 한 모습이라. 청산의 두견화는 촛불 속에 원 한 맺힌 혼백이고, 계단 앞 꽃의 봄빛 비치는 경치는 왕소 군의 눈물이구나. 세상사를 생각하니 인생이 덧없도다. 푸 른 바다로 술을 빚어 일만 세월을 함께 즐기리라.'

皆
다 개
3급 9획

모든 부인들이 그 노래를 듣고 정신이 상쾌하고 시원해
져, 계화를 다시 보며 수없이 칭찬했다.

즐거움이 극치에 이르고 기쁨이 다하자, 해는 서산으로
지고 달이 동쪽 언덕에 떠올랐다. 모든 부인이 각자 자기
집으로 돌아갔다.

舍
집사
4급 8획

이 무렵, 상공이 연로하므로 벼슬에서 물러나고자 했다.
임금이 허락하고 대신 시백에게 승지 벼슬을 내렸다. 시백
이 사은숙배하고, 임금을 충성으로 섬기고 나랏일에 부지
런했다. 이에 그 이름과 덕망이 조정에 떨쳐졌다. 시백의
충성이 남다르므로 임금이 더욱 사랑하며 중하게 여겨 특
별히 평안 감사직을 내렸다.

시백이 사은숙배하고 집에 돌아와 양친을 뵈었다. 상공
부부가 크게 기뻐했으며, 일가친척과 집안의 모든 사람들
이 즐거워했다.

시백이 평안 감사로 부임하기 위해 준비를 할 때 *쌍교
를 꾸미게 했다. 박씨가 이를 보고 물었다.

"쌍교는 꾸며 무엇하려고 하십니까?"

시백이 대답했다.

• 쌍교(雙轎) : 말 두 마리
가 각각 앞뒤 채를 메고
가는 가마.

"전하께서 나 같은 사람에게 평안 감사를 *제수하셨으니, 그 막중한 임무를 감당하기 어려워 부인을 데리고 가고자 하오."

"남자가 출세한 후 일신을 세우고 이름을 드날리면, 나라 섬길 날은 많고 부모 섬길 날은 적다고 합니다. 나랏일에 골몰하면 처자식을 돌아보지 못하는 날이 더 많습니다. 저도 함께 가면 늙으신 양친을 누가 봉양하겠습니까? 서방님께서는 충성을 다하여 나랏일을 극진히 하는 게 옳을 것입니다."

시백이 듣고 그 말의 옳고 바름에 감탄하여 오히려 미안한 듯이 대답했다.

"나처럼 불충불효하여 천지간에 용납되지 못할 사람이 어디 있으리요. 늙으신 부모님을 생각하지 아니하고 망령된 생각을 했으니, 너무 나무라지 마시오. 부디 두 분을 극진히 봉양하여, 나의 마음을 잘 받들어 남의 웃음거리가 되는 것을 면하게 해 주시오."

시백은 사당에 들어가 조상님에게 하직 인사를 하고, 또 부모님 앞에 하직 인사를 한 후 박씨와 작별했다. 박씨에게는 부모님을 잘 봉양할 것을 당부하고, 즉시 길을 떠나 여

極 盡
극진할극 다할진
4급 13획 4급 14획

• 제수(除授) : 다른 사람의 추천을 받지 않고 임금이 바로 벼슬을 내리는 일.

러 날 만에 평안도에 도착했다.

이때 평안도에서는 각 고을의 수령들 중 백성의 재물을 착취하는 자들이 많이 있었다. 그 폐단이 비길 데 없으니, 백성들은 고통스런 지경에 빠지고 인심이 흉흉했다. 새로 부임한 감사는 각 고을 수령의 잘잘못을 일일이 가려서, 백성을 잘못 다스린 수령은 벼슬을 박탈하고 잘 다스린 수령은 백성에게 알리고 임금님께 장계를 올려 중앙직으로 승진하여 올라가게 했다. 그리고 백성을 인과 의로 다스려 민심을 진정시키니, 일 년이 못 가서 여러 고을이 *무위이화의 상태가 되었다. 그리하여 백성이 즐겨 노래하고 다음과 같은 격양가로 화답했다.

'이제 살 것 같구나. 요순 시절인가, 나라가 태평하고 백성이 안락하구나. *역산에 밭을 갈아 농사를 어서 지어 우리 부모 봉양하고 동기간에 우애있게 살아 보세. 구관 사또 어찌하여 백성들을 침탈할 때, 무식한 백성들이 인의를 어찌 알며, 임금께 충성하고 남편에 대해 절개를 지키고 부모님께 효도하며 형제간에 우애 있게 지낼 줄을 어찌 알겠는가. 효자가 불효자가 되고 양민이 도적이 되었구나. 신관 사또 부임한 후에는 충효를 모두 갖추고 있으므로, 인의

奉 養
받들봉 기를양
5급 8획 5급 15획

• 무위이화(無爲而化) : 노자가 주장한 것으로, 정치하는 사람의 덕이 크면 특별히 정치나 교육을 하지 않아도 백성이 자연 교화가 된다는 사상.

• 역산(歷山) : 중국 산동성 제남에 있는 산. 순임금이 밭갈던 곳이라고 한다.

로 일을 보아 덕으로 널리 교화하시니 백성들이 편하도다. 산에 도적이 없고 밤에 문을 걸어 잠그지 않으며 길에 물건이 떨어져 있어도 줍지 않으니, 선정비를 세워 볼까. 비석을 세워 그 덕을 길이 전해 보세.'

이렇게 감사가 백성을 잘 다스린다는 소문이 먼 곳 가까운 곳 할 것 없이 퍼져 조정에까지 미쳤다. 임금이 듣고 아름답게 여겨 병조 판서를 제수하셨다. 감사가 *교지를 받아들고는 북쪽을 향해 네 번 절하고 즉시 행장을 차려 한양으로 올라갔다. 여러 고을의 수령과 백성들이 감사의 덕을 칭송했는데, 그 소리가 사방에 진동했다.

守 令
지킬 수 하여금 령
4급 6획 5급 5획

길을 떠난 지 여러 날 만에 감사가 한양에 도착했다. 곧 대궐에 들어가 숙배하니, 임금이 보고 반기어 칭찬해 마지 않았다.

병조 판서가 된 시백은 대궐에서 물러나와 집으로 돌아왔다. 부모님께 문안 인사를 한 후에 일가친척과 옛 친구들을 모아 잔치를 벌여 여러 날을 즐겼다.

갑자년 팔월이었다. 남경이 요란하므로 나라에서는 병조 판서 이시백을 *상사로 삼아 명나라로 보냈다. 시백은

• 교지(敎旨) : 조선시대에 임금이 4품 이상의 문무관에게 명령을 내리던 문서.

• 상사(上使) : 사신 중 가장 높은 수석 사신. 정사라고도 한다.

어명을 받들어 즉시 명나라로 향했다.

이때 임경업이라 하는 신하가 있었다. 그는 총명하고 영리했으며, 영웅다운 지략이 있었다. 임경업은 마침 철마산성의 *중군으로 있었는데, 상사가 임금에게 청을 드려 그를 부사로 삼아 명나라로 들어갔다. 명나라 황제는 조선의 사신을 영접했다.

이때 명나라는 가달이라는 오랑캐가 일으킨 난을 만나 크게 패했기 때문에 매우 위급한 지경에 있었다.

명나라 승상 화재명이 황제에게 아뢰었다.

"조선 사신 이시백과 임경업의 생김새를 보니, 비록 작은 나라의 인물이나 만고의 흥망과 천지의 조화를 은은히 감추고 있으니 어찌 기특하지 않겠습니까? 바라건대 이 사람들을 반란군을 물리칠 대장군으로 임명하십시오."

천자가 듣고 이시백과 임경업을 대장군에 봉하여 나라를 구하라고 명했다. 두 사람은 사은하고 즉시 군사를 거느리고 가달국으로 쳐들어갔다. 두 사람은 백전백승하여 며칠 안에 이기고 승전고를 울리며 들어가니, 천자가 보고 칭찬하여 마지않으며 상을 후하게 내렸다.

시백과 경업은 천자에게 하직 인사를 하고 밤낮으로 달

興 亡
일흥 망할망
4급 16획 5급 3획

• 중군(中軍) : 각 군영의 대장이나 절도사, 통제사 밑에서 군대를 지휘하던 장수.

려 조선으로 돌아왔다. 대궐에 들어가니, 임금이 보고 반
기며 말했다.

"가달을 격파하여 명나라를 구하고 그 이름을 천하에 떨
쳤도다. 두 사람의 위엄이 조선에 빛나니 영웅의 재주는 이
시대의 으뜸이로다."

그리고 임금은 두 사람의 벼슬을 올려주었다. 즉 시백에
게는 우의정을, 임경업에게는 부원수를 제수했다.

看
볼간
4급 9획

핵심+ 〈박씨부인전〉의 애독자는 부녀자

〈박씨부인전〉은 필사본으로 전해지면서 독자층에 깊이 파고들어 오랜 세월이 지난 오늘날까지도 그 빛을 잃지 않고 있는데, 재미있는 것은 그 애독자 대부분이 부녀자들이었다는 사실이다. 이는 남성을 중심으로 억압되어 살아야 했던 봉건적 가족제도에서 정신적으로 해방되고자 하는 여성들의 욕구를 나타내는 사실이라 할 수 있다.

好樂好樂 한자 노트

재주재 | 총 3획 | 부수 手 | 6급

땅에서 뚫고 나온 새싹이니, '재간', '재주'를 뜻한다.

才能(재능) : 재주와 능력.

才致(재치) : 눈치 빠른 재주.

秀才(수재) : 학문이나 지능이 뛰어난 사람.

天才(천재) : 선천적으로 타고난, 남보다 훨씬 뛰어난 재주를 가진 사람.

多才多能(다재다능) : 재주와 능력이 여러 가지로 많음.

내가 찾은 사자성어

재주재 이길승 엷을박 큰덕

才勝薄德
재 승 박 덕

내용 》 재주는 있으나 덕이 모자람.

중국 전한(前漢) 원제의 후궁이었으나, 황제의 사랑을 받지 못하여 눈물로 나날을 보냈다. 당시 흉노의 침입에 고민하던 원제는 그들과의 우호 수단으로 왕소군을 호한야 선우에게 시집보냈다. 호한야가 죽은 뒤 호한야의 본처의 아들에게 재가하여 두 딸을 낳은 후 자살했다. 세월이 흐르면서 그녀의 슬픈 이야기는 중국문학에 많은 소재를 제공했다.

예고 | 총 5획 | 부수 口 | 6급

오랜 세월(十) 동안 입(口)에서 입으로 전해 오는 것을 말한다.

古代(고대) : 역사 시대 구분에서, 원시 시대와 중세 사이의 시대.

古木(고목) : 주로 키가 큰 나무로, 여러 해 자라 더 크지 않을 정도로 오래된 나무.

古物(고물) : 옛날 물건. 헐거나 낡은 물건.

東西古今(동서고금) : 동양과 서양, 옛날과 지금을 통틀어 일컫는 말.

내가 찾은 속담

옛날 갑인날 콩 볶아 먹은 날

≫ 아주 오랜 옛날이라는 뜻.

즐거운 일이 지나면 슬픈 일이 온다는 것은 사람에게 흔한 일이다. 상공의 나이 팔십에 홀연히 병을 얻어 점점 위중해지니 백 가지 **약**이 효험이 없었다. 상공이 마침내 자신이 일어나지 못할 줄 알고 부인과 시백 부부를 불러 말했다.

"내가 죽은 후에라도 집안 일을 소홀히 하지 말고 후사를 이어 조상의 제사를 극진히 모시도록 해라."

상공이 세상을 버리니, 온 집안이 슬퍼하는 가운데 상사를 치렀다. 그런데 모부인이 몹시 애통해하다가 몇 달 만에 또 세상을 떠났다. 시백 부부가 일 년 내에 하늘이 무너지는 것과 같은 큰 슬픔을 당하니 어찌 망극하지 않겠는가. 부부는 애통해 마지않으면서도 처음부터 끝까지 모든 장례 절차를 극진히 하여서 부모님을 선산에 안장했다.

세월은 흐르는 물과 같아 삼년상을 무사히 마치니, 부부와 상하 노복의 애통함은 이루 측량하기 어려웠다.

한편, 이때 북쪽 오랑캐가 점점 강성해져 조선을 엿보았다. 이에 임금이 크게 근심하다가 임경업에게 의주 부윤을

乃
이에 내
3급 2획

제수하여 자주 침범하는 북쪽 오랑캐를 물리치게 했다.

무지한 오랑캐 왕은 조선을 치려고 모든 신하들을 모아 놓고 의논했다.

"우리나라는 지방이 광활한데도 조선의 장수 임경업을 이겨 억누를 사람이 없으니 이 어찌 답답하지 않겠는가. 어떻게 하면 조선을 쳐서 차지할 수 있겠는가?"

여러 신하들은 묵묵히 있을 뿐 대답을 하지 못했다.

오랑캐의 귀비는 비록 여자이지만 비길 데 없는 영웅이었다. 위로는 천문에 통달하고 아래로는 지리에 통달하여, 앉아서 천 리 밖의 일을 헤아리고 일어서면 만 리 밖의 일을 알았다.

通 達
통할통 통달할달
6급 11획 4급 13획

그 왕비가 오랑캐 왕에게 아뢰었다.

"조선에 신기한 재주를 가진 사람이 있으니, 비록 임경업을 꺾어도 조선은 차지하지 못할 것입니다."

오랑캐 왕이 크게 놀라서 말했다.

"짐이 평생 임경업을 알기를, *팔년풍진에 산을 뽑을 정도의 힘을 지녔던 항우와, 삼국 시절 *오관참장하던 관우와, 당양의 장판에서 홀몸으로 조조의 백만대군 속을 휘젓고 다녔던 조자룡과 같은 장수로 알았는데, 그 위에 더한

• 팔년풍진(八年風塵) : 한 (漢)의 유방과 초(楚)의 항우가 8년 동안 패권을 다투던 일.

• 오관참장(五關斬將) : 관우가 조조를 떠나 유비에게 돌아갈 때 다섯 개의 관문을 차례로 지나면서 그 수비대장들을 벤 것.

사람이 있다면 어찌 조선을 넘볼 마음을 갖겠는가."

오랑캐 왕이 스스로 탄식해 마지않는데, 귀비가 다시 아뢰었다.

"천기를 보니 조선에 액운이 있습니다. 하지만 백만대군을 일으켜 보내도 그 신인을 잡기 전에는 조선을 이기기가 매우 어렵습니다. 그래서 제가 한 가지 계교를 생각했는데, 자객을 구해 조선에 내려보내어 그 신인을 없앤 후에 조선을 치는 것이 마땅합니다."

오랑캐 왕이 다시 물었다.

"그럼 어떤 사람을 보낼까?"

"조선 사람은 재물을 탐내고 여색을 좋아하니, 계집을 구해 보내는 것이 옳을 것입니다. 인물이 매우 뛰어나고, 문필은 왕희지 같고, 말솜씨는 소진과 장의 같고, 날래기는 조자룡 같고, 생각하는 것은 제갈공명 같은, 즉 지혜와 용맹을 고루 갖춘 계집을 보내면 일을 이룰 수 있을 듯합니다."

오랑캐 왕이 귀비의 말을 듣고 옳게 여겼다. 즉시 여러 신하들과 의논하여 자객을 두루 구했다. 이때 *육궁의 시녀 가운데 기홍대라 하는 계집이 있었다. 인물은 양귀비 같

• 육궁(六宮) : 옛 중국의 궁중에 있었던 황후의 궁전과 부인 이하의 다섯 궁실.

고, 말솜씨는 소진과 장의를 비웃으며, 검술은 당할 사람
이 없고, 용맹하기는 용과 호랑이 같았다.

귀비가 오랑캐 왕에게 아뢰었다.

"기홍대는 검술과 용모가 뛰어나고, 도량과 지혜와 용맹
을 고루 갖추어 만 사람이 당해 내지 못할 용맹이 있습니
다. 부디 기홍대를 보내십시오."

오랑캐 왕이 크게 기뻐하며 기홍대를 불러 보고 말했다.

"너의 지혜와 용맹은 이미 알고 있거니와, 조선에 나아
가 성공할 수 있겠느냐?"

홍대가 대답하여 아뢰었다.

"소녀가 비록 재주는 없으나, 나라의 은혜가 망극하오니
어찌 물불인들 피하겠습니까?"

"조선에 나아가 신인의 머리를 베어 온다면 이름을 천추
에 전하게 하리라."

왕의 말에 기홍대가 다시 아뢰었다.

"소녀가 비록 재주는 없으나, 충성을 다하여 조선에 나
가 신인의 머리를 베어 폐하의 근심을 덜어 드리겠습니다."

기홍대가 왕을 하직하고 나오니, 귀비가 불러 말했다.

"조선에 나가면 말이 생소할 것이다."

成 功
이룰성 공공
6급 7획 6급 5획

귀비는 홍대에게 조선의 언어와 풍속을 가르친 후에 또 일렀다.

"조선에 나가면 자연히 신인을 알게 될 것이니, 문답은 이렇게저렇게 두 번 하고, 부디 재주를 허비하지 말고 조심하여 머리를 베어라. 돌아오는 길에는 의주로 들어가 임경업의 머리마저 베어 가지고 오너라. 부디 조심하여 대사를 그르치지 않도록 하여라."

기홍대는 귀비의 명을 듣고 대궐에서 나와 곧 행장을 차렸다. 그리고 오랑캐 땅을 떠나 바로 조선국 한양에 도착했다.

이때 박씨는 홀로 피화당에 있었는데, 문득 천문을 보고 깜짝 놀라 시백을 청하여 당부했다.

"몇 월 며칠에 계집 하나가 집에 들어올 것입니다. 말은 이렇게저렇게 장황하게 할 것이니, 조심하여 친근하게 대접하지 마시고 이렇게저렇게 하여 피화당으로 이끌어 보내시면 저와 할 말이 있습니다."

시백이 물었다.

"어떤 여자가 찾아온다는 거요?"

"그건 나중에 알게 되실 것이거니와, 다른 사람에게 말

坤
땅곤
3급 8획

이 나가게 하지 마시고 제 말대로 하시어 낭패를 보지 않도록 하십시오. 그 계집은 얼굴이 아름답고 문필이 유창하며 백 가지 재주를 갖추고 있으므로, 만일 그 용모를 사랑하시어 가까이하시면 큰 화를 면치 못할 것입니다. 부디 그 간계에 속지 마시고 피화당으로 보내십시오. 그 사이 술을 빚어 담그되, 한 그릇은 쌀 두 말에 누룩 두 되를 넣고, 또 한 그릇은 다른 것을 섞지 않은 순수한 술을 담그십시오. 그리

斗
말두
4급 4획

고 안주를 장만해 두었다가 그날이 되면 제 말대로 이렇게 저렇게 하십시오."

시백이 박씨의 말을 듣고 속으로 이상하게 여겼다. 과연 박씨가 말한 그날이 되니 한 여자가 집에 들어와 문안을 했다.

그 용모를 자세히 보니 절세가인이요 요조숙녀라, 시백이 물었다.

"어떤 여자이기에 감히 남자가 거처하는 사랑에 들어오는가?"

그 여자가 대답했다.

"소녀는 멀리 떨어진 시골에 사는데, 마침 한양 구경을 왔다가 외람되게 상공 댁까지 오게 되었습니다."

시백이 다시 물었다.

"너는 어디 살며, 이름은 무엇이라고 하느냐?"

"소녀는 강원도 회양에 사는데, 일찍이 부모님을 여의고 정처없이 떠돌아다니다가 우연히 관에 잡혀 종이 되었습니다. 성은 모르고 이름은 설중매입니다."

그 거동으로 보아 예사 사람이 아닌 줄 알고 시백은 그 여자에게 사랑에 오르라 했다. 그 여자는 황공해하며 사양하다가 올라가 자리를 잡고 앉았다.

시백이 그 여자가 마음에 들어 담소를 나누는데, 묻고 답하는 것이 물과 같이 막힘이 없었다. 시백이 마음속으로 생각했다.

'장안에 기생이 많지만 저 여자와 같은 언변과 문필을 가히 당할 사람이 없을 것 같구나. 진실로 먼 지방의 천한 기생으로 있기는 아깝도다.'

시백이 감탄하다가, 문득 부인이 당부하던 말을 생각하니 의심스러워 다시 말했다.

"지금 해가 서산으로 지고 달이 동쪽 언덕에 떠올라 밤이 깊어졌으니, 후원 피화당에 들어가 편히 묵도록 하여라."

여자가 대답했다.

"소녀는 천한 기생의 몸으로 이미 사랑에 들어왔으니, 사랑에서 지내며 대감을 모시고 아득한 심회를 밝히고자 합니다."

"나도 마음 한구석이 쓸쓸하여 적적함을 달래고 싶으나, 오늘밤은 긴급한 나랏일을 볼 것이 있어 관원들이 오기로 했으니 너와 함께 밤을 지내지 못하겠구나."

"소녀처럼 천한 몸이 어찌 감히 부인을 모시고 하룻밤을

談 笑
말씀담 웃을소
5급 15획 4급 10획

묵겠습니까?"

"너도 여자이니 부인과 함께 묵는 것이 무슨 허물이 있 겠는가?"

그리고 시백은 계화를 불러서 말했다.

"이 사람을 데리고 피화당에 들어가 편히 쉬게 하여라."

계화는 명을 듣고 즉시 그 여자를 데리고 피화당으로 들 어갔다.

박씨가 그 여자를 맞이하여 자리를 내주며 물었다.

"그대는 어떤 사람인데 내 집에 찾아왔는가?"

"소녀는 먼 지방의 천한 기생인데, 한양에 구경을 왔다 가 외람되게 귀댁까지 왔습니다."

그 이야기를 듣고 박씨가 말했다.

"그대의 행색을 보니 평범한 사람 같지는 않구나. 어찌 헛되이 시간과 힘을 허비하면서 내 집을 부질없이 찾아왔 는가?"

그리고 계화에게 말했다.

"지금 손님이 왔으니 술과 안주를 들여라."

계화가 명을 받고 나가더니, 이윽고 훌륭한 술상을 들여 왔다. 그런데 독주와 순한 술을 구별하여 놓았다. 박씨가

休
쉴 휴
7급 6획

계화에게 술을 따르라 하니, 독주는 그 여자에게 권하고 순
한 술은 박씨에게 드렸다.

　그 여자는 먼길을 오느라 피곤하여 목이 마르던 차였으
므로, 술을 보자 사양하지 않고 마셨다. 한 말 술을 두어 잔
도는 사이에 다 마시니, 그 거동이 보통 사람과 달랐다. 그
술과 안주 먹는 모양을 보고 놀라지 않는 사람이 없었다.

擧　動
들거　움직일 동
5급 18획　7급 11획

핵심⁺ 〈박씨부인전〉의 작자와 연대

우리나라 고전소설 가운데 〈홍길동전〉, 〈구운몽〉 정도를 빼고는 작자가 알려진 경우가 드물다. 대부분의 소설이 작자가 누구인지, 따라서 언제 지어졌는지 알 수가 없다. 〈박씨부인전〉 역시 언제 누가 지었는지 알 수가 없다. 병자호란을 소재로 한 또 다른 작품인 〈임경업전〉과 내용상 연관이 있으므로, 비슷한 시기에 지은 같은 작자의 작품이라고 보는 견해가 있다.

好樂好樂 **한자 노트**

약약 | 총 19획 | 부수 艹 | 6급

사람을 즐겁게 해 주는 풀이니, '약초'를 뜻한다.

藥局(약국) : 약사가 약을 조제하거나 파는 곳.

藥水(약수) : 먹거나 몸을 담그거나 하면 약효가 있는 샘물.

藥草(약초) : 약으로 쓰는 풀.

良藥(양약) : 효험이 있는 좋은 약.

내가 찾은 사자성어

어질량 약약 쓸고 입구
良 藥 苦 口
양 약 고 구

내용 》 '좋은 약은 입에 쓰다'라는 뜻으로, 충성스러운 말은 듣기 싫으나 받아들이면 자신에게 이롭다는 말.

옛날 중국 전국시대에 말 잘 하기로 유명한 소진(蘇秦)과 장의(張儀)의 혀라는 말로, 소진과 장의가 혀를 잘 놀린다고 해서 생긴 말이다. 소진은 진나라에 대항하는 다른 대국의 동맹책을 성공시켜 6국의 재상을 겸임한 인물이다. 장의는 위나라의 정치가로 혜문왕의 신임을 받아 재상이 되었다. 소진은 합종책을 썼으며, 장의는 연횡책을 쓴 것으로 유명하다.

이길승 | 총 12획 | 부수 **力** | 6급

팔을 구부리고 힘을 써서 배(月)의 틈을 막아냈다 하여 '이기다' 의 뜻이 되었다.

勝利(승리) : 겨루어서 이김.

勝者(승자) : 싸움이나 경기 따위에서 이긴 사람.

勝敗(승패) : 승리와 패배를 아울러 이르는 말.

不戰勝(부전승) : 추첨이나 상대편의 기권 따위로 경기를 치르지 않고 이기는 일.

내가 찾은 속담

이기는 것이 지는 것

>> 서로 싸우면 한이 없고 또 끝까지 버틴들 좋지 못한 일만 생기니, 빨리 지는 척하고 그만두는 것이 좋다는 말.

8 대결

여자가 독한 술을 배불리 먹고 어찌 견디겠는가. 그 여자는 술이 몹시 취하여 말했다.

"소녀가 먼길을 오느라 힘들고 피곤하던 차에, 주시는 술을 다 마시고 몹시 취했습니다. 베개를 잠깐 내주십시오."

"어찌 내 집에 온 손님을 **공경**하지 않겠는가."

박씨가 베개를 내주자 여자는 더욱 황공해하였다.

그 여자는 베개를 베고 누워 마음속으로 생각했다.

'귀비께 하직 인사를 할 때 말씀하시기를 우의정 집을 먼저 가 찾으면 자연히 알게 될 것이라고 하셨는데, 아까 이 승상의 얼굴을 보니 단지 어질 뿐 다른 재주는 별로 없어 보이니 염려가 없었다. 그런데 지금 부인의 거동과 인상을 보니, 비록 여자이나 미간에 천지조화를 은은히 감추고 마음속에 만고의 흥망을 품고 있도다. 이 사람이 바로 신인이라. 만일 이 사람을 살려둔다면 우리 임금님께서 어찌 조선을 꺾을 수 있겠는가? 마땅히 조화술과 절묘한 계교를 내어 이 사람을 죽여서, 임금님의 급한 근심을 덜고 나의 이름을 후세에 길이 남기리라.'

人 相
사람인 서로상
8급 2획 5급 9획

여자는 이런 생각을 하며 기뻐했는데, 점점 술이 취하므로 박씨에게 또 청했다.

"황송하지만 여기서 자고 싶습니다."

박씨가 허락하자 여자는 곧 침상에 누워 잠이 들었다.

박씨가 그 여자의 잠든 모습을 보니 한 눈을 뜨고 있었다. 이상하게 여겼더니, 이윽고 또 한 눈마저 떴다. 별안간 두 눈에서 불덩이가 나와 방 안을 돌았다. 그 서슬에 방문이 열렸다가 닫혔다가 하여 사람의 정신을 어지럽게 했다. 비록 여자지만 천하의 명장이라. 어찌 놀라지 않을 수 있겠는가.

박씨 또한 자는 체하다가 가만히 일어나 여자의 짐꾸러미를 열어 보았다. 그 속에는 다른 물건은 없고 조그마한 칼 하나가 있는데 그 모양이 이상했다. 자세히 보니 그 칼에는 주홍색으로 비연도라 새겨져 있었다.

刀
칼 도
3급 2획

박씨가 만지려 하자, 그 칼은 제비로 변하여 천장으로 솟구쳤다가 그녀를 해치려고 달려들었다. 박씨가 급히 주문을 외우니 그 칼이 변하지 못하고 멀리 떨어져 버렸다.

박씨가 그제야 칼을 집어들고 소리를 벽력같이 지르니, 그 여자는 깊이 잠들었다가 뇌성 같은 소리에 정신이 혼미

한 가운데 깨어 일어나 앉았다.

박씨가 비연도를 들고 음성을 높여 꾸짖었다.

"무지하고 간특한 계집은 오랑캐 나라의 기홍대가 아니냐?"

그 소리가 웅장하여 마치 종과 북이 울리는 듯했다.

기홍대는 그 소리에 놀라 간담이 서늘해서 어찌 해야 할지 몰랐다. 그러다가 가까스로 정신을 차리고 고개를 들어 살펴보았다. 박씨가 칼을 들고 앉아 소리를 지르는 위엄이, 팔년풍진 때 *홍문연에서 번쾌가 장막 안으로 뛰어들어 머리카락을 곤두세우고 눈초리가 찢어지도록 크게 뜨면서 노려보던 것과 같았다.

기홍대는 감히 말을 못하고 앉았다가 정신을 가다듬어 말했다.

"부인께서 어찌 그리 자세히 알고 계십니까? 소녀는 과연 호국의 기홍대입니다. 이렇게 엄숙하게 물으시니 어찌된 영문인지 모르겠습니다."

박씨가 눈을 부릅뜨고 화난 목소리로 크게 꾸짖었다.

"너는 한갓 자객으로 개 같은 오랑캐 왕을 도와 당당한 오륜의 예의를 지키는 나라를 해치려 하였도다. 너따위 계

雄 壯
수컷웅 장할장
5급 12획 4급 7획

• 홍문연(鴻門宴) : 홍문은
지금의 중국 섬서성 임동
현에 있는 땅 이름. 항우
가 유방을 해하려고 이곳
에서 주연을 벌였다.

집의 몸으로 간사한 계교를 부려 예의를 밝히려는 사람을 해치려 하니 어찌 살기를 바라겠느냐? 내 비록 재주는 없지만, 너같이 요사한 것의 간계에는 속지 않을 것이다."

박씨는 성난 기운이 가득한 얼굴로 바로 비연도를 들고 기홍대를 향해 겨누며 다시 큰 소리로 꾸짖었다.

"개 같은 기홍대야, 내 말을 들어라! 너의 개 같은 임금이 조선을 엿보려고 하나 아직 운수가 멀었느니라. 너 같은 요물을 보내어 우리나라를 탐지하고자 멀리 내 집에 와 당돌하게 나를 해치려 하고 재주를 부리려 하니, 이는 아무리 보아도 귀비의 간계로다. 내 너를 먼저 죽여 분한 마음을 만분의 일이나마 풀어야겠다."

박씨가 비연도를 들고 달려드니, 기홍대는 겁나고 두려운 가운데 마음속으로 생각했다.

'이런 영웅을 만났으니, 성공은 고사하고 오히려 죄값으로 화를 당해 목숨을 보전하지 못할 것 같구나.'

기홍대가 애처롭게 사정했다.

"황송하오나 부인 앞에서 어찌 한 말씀이라도 속이겠습니까? 소녀가 어지간히 잡술을 배운 탓으로 시키는 것을 거역하지 못하고 이와 같이 죄를 지었습니다. 그 죄 만 번 죽

探 知
찾을탐 알지
4급 11획 5급 8획

어 마땅합니다. 하늘이 밝고 신명이 도우사 우리 임금님의
명을 받들어 조선에 나왔다가 부인 같은 영웅을 만났습니
다. 소녀의 실낱 같은 목숨이 부인의 칼끝에 달렸으니, 하
늘 같은 마음으로 큰 은혜를 베푸시어 살려주십시오."

　박씨는 더욱 화를 내며 말했다.

　"너의 왕은 진실로 짐승 같도다. 우리나라를 이렇게 멸
시하여 인재를 해치려 하고 재주를 비웃으니, 이는 가히
한스러운 일이라 할 것이다. 어찌 분하지 않겠는가? 너 같
은 요물을 상대할 마음이 없으니 어찌 살기를 바라느냐?"

　"부인의 말씀을 들으니 더욱 후회스럽기 이를 데 없습
니다."

　기홍대가 사죄하기를 그치지 않으니, 박씨 부인이 칼을
잠깐 멈추고 분기를 진정하며 말했다.

　"나의 원통하고 분한 마음과 너의 왕비가 한 짓을 생각
하면, 너를 먼저 죽여야 분한 마음을 다소나마 풀 것이다.
하지만 사람의 목숨을 해치는 것이 흔한 일이 아니고, 또한
너의 임금이 도리에 어긋나 분수에 넘치는 뜻을 고치지 아
니하기에 너를 죽이지 않고 살려보낸다. 그러니 돌아가 너
의 왕에게 내 말을 자세히 전해라. 조선이 비록 소국이나

害
해 할 해
5급 10획

인재를 헤아리면 영웅호걸과 천하의 명장이 다 무리 가운데 있고, 나 같은 사람은 수레에 싣고 말로 될 정도라 그 수효를 알지 못하니라. 왕비의 말을 듣고 너를 인재로 골라 뽑아서 보내었으나, 조선의 영웅호걸을 만나기 전에 나 같은 사람을 만났기에 살아 돌아가는 것이니라. 돌아가 왕에게 자세히 말하여 차후에는 분수에 넘치는 뜻을 내지 말고 하늘의 뜻에 순순히 따르라고 하라. 만일 그러지 않으면 내 비록 재주는 없으나 영웅과 명장을 모으고 군사를 일으켜 너의 나라를 쳐서 무죄한 군사와 불쌍한 백성을 씨도 없게 할 것이다. 부디 하늘의 뜻을 어기지 말고 순종하라."

그리고 박씨는 하늘을 우러러보고 스스로 탄식했다.

"아무리 생각해도 나라의 운수가 불행한 탓이로다. 누구를 원망하겠는가?"

기홍대가 그 거동을 보고 일어나 감사의 인사를 하며 말했다.

"신명하신 덕택으로 죽을 목숨을 보전하니, 감격하여 몸 둘 바를 모르겠습니다."

그런 다음, 부끄러움을 품고 하직하고 나와 마음속으로 생각했다.

順 從
순할 순 좇을 종
5급 12획 4급 11획

'큰일을 이루어 보려고 만 리를 지척인 양 왔다가 성공하기는커녕 본색이 탄로나 하마터면 목숨을 보전하지 못할 뻔했도다. 돌아가는 길에 임경업을 만나 시험하고 싶지만, 성공하기를 어찌 바라겠는가. 그냥 돌아가는 것이 좋을 듯하구나.'

기홍대는 자기 나라로 바로 돌아갔다.

이시백과 노복들이 이 모든 일을 보고 크게 두렵고 미안하게 여기는 한편, 부인의 신령스러움에 감탄했다.

이튿날, 시백이 대궐에 들어가 지난밤의 일을 낱낱이 아뢰었다. 임금과 조정의 모든 신하들이 이 이야기를 듣고 깜짝 놀라 얼굴빛이 하얗게 변했다.

임금이 즉시 임경업에게 비밀리에 명을 내렸다.

'오랑캐 나라에서 기홍대라는 계집을 우리나라에 보내어 이렇게저렇게 한 일이 있었으니, 그런 계집이 혹 가서 달래거나 유인하려는 일이 있으면 각별히 조심하고 잘 방비하라.'

그리고 박씨의 헤아릴 수 없는 기략과 교묘한 지혜에 탄복하여 크게 칭찬해 마지않고, 충렬부인의 *직첩과 함께 일품 *녹봉을 내렸다.

料
헤아릴 료
5급 10획

• 직첩(職牒) : 조정에서 벼슬아치에게 내리던 임명 사령장.

• 녹봉(祿俸) : 벼슬아치에게 일 년 또는 계절 단위로 나누어 주던 금품을 통틀어 일컫는 말.

임금이 다시 우의정 이시백에게 하교했다.

"만일 경의 아내가 아니었다면 근심을 면치 못했을 뻔했도다. 흉악하기 이를 데 없는 도적이 우리나라를 엿보고자 하여 이런 일을 한 것이니 어찌 절통한 일이 아니겠는가. 차후로도 적의 괴변을 살펴 낱낱이 아뢰도록 하라."

그러면서 이시백에게 상으로 비단을 내렸다.

何
어찌 하
3급 7획

핵심⁺ 작품의 시대적 배경

〈박씨부인전〉의 시대적 배경이 된 병자호란은 인조 임금 때인 1636년 12월 청나라의 침략으로 일어난 조선과 청나라의 싸움이다. 이는 조선 역사상 유례없는 치욕적 사건으로, 정치적 · 경제적으로 큰 손실을 입혔으며, 민중들에게 극심한 고통을 주었다. 오랑캐라고 경멸하던 만주족에게 패배한 만큼 민중들의 분노는 이루 말할 수 없었다. 이 소설은 현실적인 패배와 고통을 상상 속에서 복수하고자 하는 민중들의 심리적 욕구를 표현한 작품이다.

好樂好樂 한자 노트

공경경 | 총 13획 | 부수 攵 | 5급

마음을 참되게(苟) 가지고자 스스로 채찍질한다는 데서 '삼가다'의 뜻이 된다.

敬老(경로) : 노인을 공경함.

敬愛(경애) : 공경하고 사랑함.

敬意(경의) : 존경하는 뜻.

尊敬(존경) : 남의 인격, 사상, 행위 따위를 받들어 공경함.

내가 찾은 사자성어

공경경 말이을이 멀원 갈지

敬而遠之
경 이 원 지

내용 » 겉으로는 공경하면서 실제로는 멀리함.

원래 개고기를 파는 미천한 신분이었으나, 한고조 유방이 군사를 일으킨 뒤 무
장으로 용맹을 떨쳐 공을 세웠다. 홍문연(항우의 책략가 범증이 유방을 죽이기
위해 섬서성 홍문에서 베푼 잔치, 즉 홍문연은 음모와 살기가 가득찬 연회를 뜻
함.)에서 유방은 항우에게 죽게 된 위기에서 번쾌의 용맹과 장량의 기지로 극적
으로 구출되었다.

허물죄 │ 총 13획 │ 부수 罒 │ 5급

법망(罒)에 걸려든 그른(非) 짓이니, '죄'이다.

罪過(죄과) : 죄가 될 만한 허물.
罪目(죄목) : 저지른 죄의 명목.
罪人(죄인) : 죄를 지은 사람.
原罪(원죄) : 기독교에서, 인류의 시조인
　　　　　아담과 하와가 선악과를 따먹은 죄 때문
　　　　　에 모든 인간이 날 때부터 가지고 있다
　　　　　는 죄.

내가 찾은 속담

죄는 지은 데로 가고 덕은 닦은 데로 간다

》 죄를 지으면 벌을 받고 덕을 쌓으면 복을 받는다는 말.

병자호란

기홍대가 본국에 도착하여 돌아왔음을 아뢰자 오랑캐 왕이 물었다.

"이번에 조선에 나가 어떻게 하고 돌아왔느냐?"

"소녀가 이번에 명을 받고 큰일을 이루려고 만리 타국에 갔으나, 성공은 고사하고 만고에 짝이 없을 영웅 박씨를 만나 목숨을 보전하지 못할 뻔했습니다. 고국에 돌아오지도 못하고 외국에서 원혼이 될 것을 소녀가 누누이 살려 달라고 애걸했습니다. 박씨가 소녀를 용서하여 보내며, 분수에 넘치는 뜻을 두었다며 폐하를 금수와 같다고 깊이 책망했습니다."

이와 같이 기홍대가 앞뒷일을 낱낱이 아뢰니 오랑캐 왕이 크게 화를 내며 말했다.

怒
성낼 로
4급 9획

"네가 부질없이 나가 성공은커녕 오히려 묘계만 탄로내고 돌아왔으니 어찌 분하고 한스럽지 않겠는가."

그리고 귀비를 오라 하여 말했다.

"이제 기홍대가 조선에 가서 신인과 명장을 죽이지 못하고 짐에게 욕만 미치게 했으니 어찌 분하지 않겠는가. 조선

을 치지 못하게 되었으니 이 분한 마음을 어디 가서 풀어야
할 것인가."

"한 가지 묘책이 있으니 청컨대 행해 보십시오."

귀비의 말에 오랑캐 왕이 물었다.

"무슨 묘계가 있는가?"

"조선에 비록 신인과 명장이 있으나 간신이 있어서 신인
의 말을 듣지 아니하고 명장을 쓸 줄도 모르니, 폐하가 군
사를 일으켜 조선을 치십시오. 다만 남쪽 육로로 나아가 치
지 말고 동쪽으로 백두산을 넘어 함경도를 거쳐 한양의 동
쪽 문으로 들어가면, 미처 방비하지 못해 능히 이길 수 있
을 것입니다."

오랑캐 왕이 이 말을 듣고 크게 기뻐하며 곧 한유와 용울
대에게 명을 내렸다.

"군사 십만 명을 불러모아 귀비의 지휘대로 행군하라.
동으로 백두산을 넘어 바로 조선 북쪽 길로 내려가 한양의
동쪽 문으로부터 들어가 이렇게저렇게 하라."

귀비가 또 말했다.

"행군하여 조선에 들어가거든 바로 날쌘 군사를 의주와
한양을 왕래하는 길 중간에 매복하여 서로 소식을 통하지

路
길 로
6급 13획

못하게 하라. 그리고 한양에 들어가거든 우의정 집 후원을 침범하지 말라. 그 후원에 피화당이 있고 후원 초당 앞뒤에 신기한 나무가 무성하게 있을 것이다. 만일 그 집 후원을 침범하면, 성공은커녕 목숨을 보전하지 못하여 고국에 돌아오지도 못할 것이니 각별히 명심하라."

두 장수가 명령을 듣고 십만 대병을 거느리고 동으로 행군하여 바로 한양으로 향했다. 백두산을 넘어 함경도 북쪽으로 내려오며 봉화를 피우지 못하게 막고 물밀 듯 들어오니, 한양까지 수천 리 길을 내려오는 동안 이를 아는 사람이 없었다.

이때 충렬 부인 박씨가 피화당에 있다가 문득 천기를 보고 깜짝 놀라 급히 시백을 청하여 말했다.

"북방 도적이 조선의 경계를 넘어 들어왔습니다. 의주 부윤 임경업을 급히 불러 군사를 합하여 동쪽으로 오는 도적을 막으십시오."

시백이 놀라 말했다.

"내 생각에는 우리나라에 도적이 들어온다면 북쪽 오랑캐가 들어와 의주로 밀려들 것이로다. 의주 부윤을 불러 북쪽을 비웠다가 오랑캐가 그쪽을 탈취하면 가장 위태로울 것인데, 부인은 무슨 이유로 이를 염려하지 않고 동쪽을 막으라고 합니까?"

"오랑캐는 본래 간사한 꾀가 많습니다. 북쪽에는 임 장군이 두려워 의주는 감히 범하지 못합니다. 백두산을 넘어 북쪽으로부터 동대문을 깨뜨리고 들어와 한양을 갑자기 습격하여 살육할 것이니, 어찌 분하고 한스럽지 않겠습니까? 제 말을 허황되게 여기지 마시고 급히 전하께 아뢰어 방비를 하십시오."

시백이 그 이야기를 듣고 크게 깨닫고 급히 대궐로 들어가 자세히 아뢰었다.

임금이 듣고 크게 놀라며 모든 신하들을 모아 의논했다.

좌의정 원두표가 아뢰었다.

"북쪽 오랑캐는 꾀가 많으니, 의주 부윤 임경업에게 명하여 동쪽으로 오는 도적을 방비하는 것이 옳지 않을까 합니다."

원두표가 말을 채 마치기도 전에 한 사람이 앞으로 나서며 아뢰었다.

"좌의정이 아뢰는 대로 하면 절대로 안 됩니다. 북쪽 오랑캐는 임경업에게 패했는데 무슨 힘으로 우리나라를 엿보

漢 陽
한수한 볕양
7급 14획 6급 12획

겠습니까? 그리고 군사를 일으킨다고 해도 반드시 의주로 들어올 것입니다. 만일 의주를 버리고 임경업을 불러 동쪽을 지키게 하면 도적들이 의주를 침범할 것이니 매우 위태롭습니다. 나라의 흥망이 걸려 있는 문제인데, 어찌 요망한 계집의 말을 들어 망령되이 동쪽을 막으라 하십니까? 어찌 헤아림과 지혜가 있다고 할 수 있겠습니까? 이는 나라를 해롭게 하려는 것이니 잘 살피십시오."

임금이 말했다.

"박씨의 신명함이 보통 사람과 다르도다. 짐이 이미 그것을 경험한 바 있으니 어찌 요망하다 하겠는가. 그 말을 좇아 동쪽을 막는 것이 옳을 것이다."

그 사람이 다시 아뢰었다.

"지금은 나라 안이 태평하여 백성들은 평안하게 지내며 격양가를 부르고 있습니다. 이런 태평성세에 요망한 계집의 말을 들어 나라를 소란하게 하면 민심이 흔들릴 것입니다. 전하께서 이렇게 요망한 말을 듣고 깊이 근심하시어 나랏일을 살피지 아니하시니, 신은 오히려 그 계집을 먼저 국법으로 다스려 민심을 진정시키는 것이 옳을 것 같습니다."

이와 같이 임금의 말을 막는 사람을 보니, 이는 다른 사

察
살필 찰
4급 14획

람이 아니라 영의정 김자점이었다. 소인을 가까이하여 친
하게 지내고 군자를 멀리하여 국정을 제 마음대로 하는 인
물이었다. 이런 소인배가 나라를 망하게 하려 하나 조정의
모든 대신들은 그 권세를 두려워하여 말을 못하고 있었다.
시백도 그 말에 항거하지 못하여 분한 마음이 들었다.

國　政
나라국 정사정
8급 11획　4급 9획

仰
우러를앙

3급 6획

집에 돌아와 박씨에게 대궐에서 있었던 일을 낱낱이 이야기하니, 박씨가 듣고 하늘을 우러러 탄식했다.

"슬프다. 나라의 운수가 불행하여 이 같은 소인을 인재라고 조정에 두었다가 나라를 망하게 하니 어찌 슬프지 않겠는가. 머지않아 도적이 한양을 침범할 것이니, 신하 된 자로서 나라가 망하는 것을 차마 어찌 보겠는가. 대감께서는 비간의 충성을 본보기 삼아 나라를 안전하게 보존하십시오."

그리고 큰 소리로 통곡했다.

시백이 듣고 분이 복받쳤으나, 슬프고 한스러운 마음을 이기지 못하여 하늘을 우러러 탄식하며 대궐로 들어갔다.

이때가 병자년 섣달 그믐이었다. 오랑캐가 동대문을 깨뜨리고 물밀 듯 들어오니 그 함성이 천지에 진동했다. 백성의 참혹한 모습은 글로 기록하기 어려울 지경이었다. 적장이 군사를 호령하여 사방으로 쳐들어와 살육하니, 시체가 태산같이 쌓이고 피가 흘러 내가 되었다.

일이 이렇게 되자 임금은 몹시 당황하여 어쩔 줄 몰라하다가, 여러 신하를 불러 의논했다.

"도적이 성 안에 가득하여 백성들을 죽이고 *종묘사직

• 종묘사직(宗廟社稷): 왕실과 나라를 통틀어 이르는 말.

이 매우 위태로운 지경에 빠졌으니 장차 어찌 해야 하겠는가?"

우의정 이시백이 아뢰었다.

"이제 사정이 급하게 되었으니 남한산성으로 피난하시는 것이 좋을 듯싶습니다."

임금이 그 말을 옳게 여겨 즉시 *옥교를 타고 남문으로 나와 남한산성으로 향했다. 그런데 앞에 한 무리의 군사들이 내달아 좌우로 충돌하니 임금이 깜짝 놀라 소리쳤다.

"저 도적들을 누가 물리치겠는가?"

우의정 이시백이 말을 내몰며 말했다.

"신이 물리치겠습니다."

시백은 창을 빼어 든 채 말을 타고 달려나와 단번에 적을 물리치고, 임금의 가마를 모시고 남한산성으로 들어갔다.

單 番
홀 단 차례 번
4급 12획 6급 12획

이때 오랑캐 장수 한유와 용울대가 십만의 정예 병사를 거느리고 한양에 이르러 대궐 안으로 들어갔다. 대궐 안은 이미 텅 비어 있었다. 용울대는 임금 일행이 남한산성으로 피난한 줄 알고 아우 용골대에게 한양의 재물과 미인들을 거두어들이라고 하며 군사 천여 명을 주었다. 그리고 자신은 군사를 몰아 남한산성으로 가서 성을 에워싸고 공략을

● 옥교(玉轎) : 위를 꾸미지 아니하고 만든, 임금이 타는 가마.

시작했다. 임금과 신하들은 여러 날 동안 성 안에 갇힌 채 매우 위태로운 지경에 처했다.

한편, 충렬 부인 박씨는 일가친척을 피화당에 모여 있게 했다. 병란을 당하여 피난하려던 부인들은 용골대가 성 안을 뒤져 재물과 미인들을 빼앗는다는 말을 듣고 출발을 서둘렀다.

박씨가 그 거동을 보고 부인들을 위로하여 말했다.

"지금 도적들이 곳곳에 있으니 부질없이 움직이지 마십시오."

그 말에 부인들은 반신반의하며 성 안에 그대로 머물렀다.

이때 오랑캐 장수 용골대가 말탄 군사 백여 명을 거느리고 사방으로 다니며 뒤지고 정탐했다. 한 집에 이르러 바라보니, 정결한 초당이 있고 그 전후좌우에 나무들이 무수히 서 있는 가운데 많은 여자들이 편안히 있었다.

淨　潔
깨끗할정 깨끗할결
3급 11획　4급 15획

용골대가 좌우를 살펴보니 나무마다 용과 범이 되어 서로 머리와 꼬리를 맞대고 있는 듯하고, 가지마다 새와 뱀이 되어 변화가 무궁하고 살기가 가득 차 있었다.

용골대는 박씨의 신묘한 기략과 술법을 모르고 피화당

에 있는 재물과 여자들을 차지하려고 급히 들어갔다. 그런
데 청명하던 하늘에 갑자기 먹구름이 일어나며 뇌성벽력이
천지를 진동했다. 무성한 수목이 변하여 무수한 갑옷 입은
병사가 되어서 점점 에워싸고, 가지와 잎은 창과 칼이 되
어서 사람의 마음을 놀라게 했다.

　용골대가 그제야 우의정 이시백의 집인 줄 알고 깜짝 놀
라 도망가려고 했다. 그러나 문득 피화당이 없어지고 첩첩
산중이 되었다.

樹 木
나무수 나무목
6급 16획　8급 4획

삼전도(三田渡)의 굴욕

삼전도는 지금의 서울 송파구 송파동에 있던 한강 상류의 나루이다. 조선시대에 서울과 경기도 광주의 남한산성을 이어주던 나루였는데, 병자호란 때 인조 임금이 이곳에서 수항단을 쌓고 청나라 태종에게 항복하는 굴욕을 당했다. 지금은 잠실대교가 놓이고 한강변이 개발되어, 옛날과 같은 나룻배와 나루터의 모습은 찾아볼 수 없다.

 好樂好樂 한자 노트

능할능 | 총 10획 | 부수 肉 | 5급

곰을 뜻하는 자로, 곰은 발을 재주있게 잘 움직인다 하여 '능하다' 라는 뜻이 된다.

能力(능력) : 일을 감당해 낼 수 있는 힘.

能動(능동) : 스스로 내켜서 움직이거나 작용함.

能率(능률) : 일정한 시간에 할 수 있는 일의 비율.

有能(유능) : 능력, 또는 재능이 뛰어남.

내가 찾은 사자성어

겸할겸 사람인 갈지 날랠용
兼人之勇
겸 인 지 용

내용 ≫ 혼자서 능히 몇 사람을 당해 낼 만한 용기.

나라에 병란이나 사변이 있을 때 신호로 올리던 불을 봉화라 한다. 전국의 주요
산꼭대기에 봉화대를 설치하여 낮에는 토끼 똥을 태운 연기로, 밤에는 불로 신
호를 하였는데, 상황에 따라 올리는 횟수가 달랐다.

잎엽 | 총 13획 | 부수 **艸** | 5급

초목(艹)에 달린 얇은 잎(枼)의 모양을 나타내어
잎사귀를 뜻한다.

葉書(엽서) : 규격을 정하고 우편 요금을 냈
　　다는 표시로 증표를 인쇄한 편지 용지.

葉錢(엽전) : 예전에 사용하던 놋쇠로 만든
　　돈.

落葉(낙엽) : 말라서 떨어진 나뭇잎.

針葉樹(침엽수) : 잎이 바늘 모양으로 생긴
　　나무.

내가 찾은 속담

잎은 잎대로 가고 꽃은 꽃대로 간다

≫　모든 것은 처지나 특성이 비슷한 것끼리 모이게 마련임을 비유적으
로 이르는 말.

용골대는 정신이 아득하여 어쩔 줄 모르고 서 있었다. 그런데 문득 한 여자가 칼을 들고 당당하게 나타나서 크게 꾸짖었다. 계화였다.

"어떤 도적이기에 죽기를 재촉하느냐?"

"뉘 댁인지 모르고 왔으니 은혜를 입어서 살아 돌아가기를 바랍니다."

용골대의 말에 계화가 또 소리쳤다.

"나는 이 댁 몸종 계화다. 너는 어떤 놈이기에 죽을 줄 모르고 작은 힘을 믿어 당돌하게 들어왔느냐? 나는 우리 댁 아씨께서 네 머리를 베어 오라 하시기에 나왔다. 네 머리를 베려고 하니 내 칼을 받아라!"

오랑캐 장수가 그 말을 듣고 매우 화가 나서 칼을 빼어들고 계화를 치려고 했다. 그러나 칼 든 손에 맥이 빠져 내려칠 수가 없었다.

용골대가 마음속으로 놀라 하늘을 우러르며 탄식했다.

"슬프다, 대장부가 세상에 나와 벼슬을 하고 한 나라의 대장이 되었는데, 만리 타국에 나와 공을 이루지 못하고 조

頭
머리 두
6급 16획

그마한 여자의 손에 죽을 줄을 어찌 알았겠는가."

계화가 크게 웃으며 말했다.

"무지한 도적의 장수야, 불쌍하고 불쌍하다. 명색이 대장부로 남의 나라에 왔다가 오늘날 나같이 약한 여자를 당해 내지 못하고 탄식만 하느냐? 너 같은 것이 어떻게 한 나라의 대장이 되어 남의 나라를 치려고 나왔느냐? 내 말을 들어 보아라. 무도한 너의 임금이 하늘의 뜻을 모르고 주제넘게 예의지국을 해하려 너같이 젖비린내 나는 자를 보내었으니 가히 우습구나. 네 신세를 생각하면 한편 불쌍하기도 하다만, 내 칼을 받아라. 내 칼이 사정없어서 용서하지 못하고 네 머리를 베어 버릴 것이다. 무지한 필부라도 하늘의 뜻을 순순히 따르니, 죽은 혼이라도 나를 원망하지 말아라."

匹 夫
짝필 지아비부
3급 4획 | 7급 4획

계화는 말을 마치고 칼을 날려 오랑캐 장수의 머리를 베었다. 금빛 광채를 따라 용골대의 머리가 말 아래로 떨어졌다.

계화는 적장의 머리를 주워 들고 피화당으로 들어가 박씨에게 바쳤다. 박씨가 그 머리를 받아 다시 바깥으로 내치니, 그제서야 풍운이 그치고 밝은 달이 얼굴을 내밀어 조용히 비쳤다.

박씨는 오랑캐 장수의 머리를 다시 집어다가 후원의 높은 나무 끝에 달아두고 사람들이 보게 했다.

한편, 임금이 남한산성으로 행차하신 후 오랑캐들이 물밀 듯 들어와 조정의 여러 대신들을 사로잡아 놓고 호령하니 그 소리가 서리와 같이 매서웠다.

나라의 운수가 불행하여 이 지경에 이르렀으므로 영의정 최명길이 임금에게 아뢰었다.

"싸움을 그치도록 오랑캐에게 화친을 청하는 것이 좋을 듯합니다."

임금은 하늘을 우러러 탄식하고 글을 써서 오랑캐 진영에 보냈다.

오랑캐는 화친 요청을 받아들이고 그 대신 왕비와 세자, 대군 삼형제와 임금의 후궁들을 다 볼모로 데려가려고 했다. 즉시 군사를 보내어 그들을 사로잡아 진지로 데리고 가고 한양으로 행군했다.

임금이 그 거동을 보고 더욱 애통해하시니, 조정의 여러 신하들 또한 하늘을 우러러 탄식하며 위로하여 아뢰었다.

"전하의 옥체 보전하심을 천 번 만 번 두손 모아 빕

玉 體
구슬옥 몸체
4급 5획 6급 23획

니다."

그리고 김자점을 원망했다.

"이렇게 된 것은 하늘의 뜻이 아닐 수 없거니와, 만고의 소인배 김자점이 적을 도와 망하게 했으니 어찌 슬프지 않겠는가."

도성 안의 모든 백성들도 따라서 김자점을 원망했다.

용울대가 화친의 문서를 받아 가지고 한양으로 들어가니, *순초군이 보고했다.

"용 장군이 여자의 손에 죽었습니다."

이 말을 듣고 용울대가 깜짝 놀라 통곡하며 말했다.

"내 이미 조선 왕에게 화친을 청하는 문서를 받았는데, 누가 감히 내 아우를 해쳤느냐? 복수하는 것은 내 손 안에 있으니 어서 가자."

용울대는 군사를 재촉하여 우의정 집에 다다랐다. 바라보니 후원 초당 앞의 나무 위에 용골대의 머리가 달려 있었다.

용울대는 용골대의 머리를 보고 더욱 분한 마음을 참지 못하여 칼을 들고 말을 몰아 들어가려고 했다. 이때 도원수

報 告
갚을 보 고할 고
4급 12획 5급 7획

• 순초군(巡哨軍) : 돌아다니며 적의 사정을 염탐하는 군사.

한유가 피화당에 무성한 나무를 보고 깜짝 놀라 용울대를
말렸다.

"그대는 잠깐 분한 마음을 진정하여 내 말을 듣고 들어
가지 마오. 초당의 나무를 보니 평범하지 않소. 옛날 제갈
공명의 *팔문금사진법을 썼으니 어찌 두렵지 않겠소. 그
대의 아우는 험한 곳인 줄 모르고 남을 가볍게 보고 멸시
하다가 목숨을 재촉했으니 누구를 원망하겠소? 그대는 옛
날 육손이 어복포에서 제갈공명의 *팔진도에 들어 고생했
던 일을 생각하여 험한 땅에 들어가지 마오."

弟
아우 제
8급 7획

• 팔문금사진법(八門金蛇
陣法) : 제갈량이 여덟 개
의 문을 이용해 만들었다
는 진법.

• 팔진도(八陣圖) : 중군을
가운데에 두고 전후좌우
에 각각 여덟 가지 모양
으로 진을 친 진법(陣法)
의 그림.

용울대가 더욱 분하여 칼을 들어 땅을 두드리고 하늘을 우러러 탄식하며 말했다.

"그러면 용골대의 원수를 어떻게 해야 갚을 수 있겠습니까? 만리 타국에 우리 형제가 함께 나와 큰일을 이루었는데도 아우를 죽이고 복수도 못하면 어찌합니까? 한 나라의 대장으로서 조그마한 여자에게 굴복하는 것은 옳지 못합니다. 어떻게 해야 후세에 웃음을 면하겠습니까?"

한유가 대답했다.

"그대가 한때의 분함을 참지 못하여 한갓 용맹만 믿고 저런 험지에 들어갔다가는 복수는커녕 도리어 목숨을 보전하지 못할 것이오. 잠깐 진정하고 그 신기한 재주를 살펴보아야 할 것이오. 비록 억만 대군을 몰아서 들어간다 해도 그 안을 감히 엿보지 못하고 군사는 하나도 살아남지 못할 거요. 하물며 홀로 말을 타고 들어가려고 하니 어떻게 살기를 바라겠소?"

용울대는 그 말을 옳다고 생각하여 따르기로 했다. 그래서 안으로 들어가지는 못하고, 군사를 호령하여 그 집을 에워싸고 일시에 불을 지르라고 명했다. 군사들은 그 명령대로 불을 질렀다.

그런데 갑자기 오색구름이 자욱하게 피어오르면서 수목이 변하여 무수한 장수와 병사들이 되었다. 징소리, 북소리, 여러 사람의 함성이 천지를 진동했다. 수많은 비룡과 맹호가 머리를 서로 맞대자 풍운이 크게 일어나며 전후좌우로 겹겹이 에워쌌다.

공중에서는 *신장들이 갑옷과 투구를 갖추고 긴 창과 큰 칼을 들고 내려와 *신병을 수없이 몰아서 오랑캐들을 쳐죽이기 시작했다. 그 징소리, 북소리, 함성에 천지가 무너지는 듯하고, 호령소리에 오랑캐 군사들은 넋을 잃었다. 그들은 진열을 갖추지 못하고 서로 밟혀 죽는 자가 수없이 많았다.

오랑캐 장수가 혼비백산하여 급히 군사를 후퇴시키니 그제야 날씨가 맑아지며 살벌한 소리가 그치고 신장들은 간 데가 없었다. 오랑캐 장수들이 그 모습을 보고 더욱 분한 기운을 이기지 못하여 다시 칼을 들고 쳐들어가려고 하니, 청명하던 날이 순식간에 구름과 안개가 자욱하여 지척을 분간하지 못하게 되었다.

용울대가 감히 들어가지 못하고 용골대의 머리만 쳐다보고 하늘을 우러러 탄식할 때, 홀연 나무 사이로 한 여자

殺 伐
죽일 살 칠 벌
4급 11획 4급 6획

• 신장(神將) : 신이 보낸 군사인 신병을 거느리는 장수.

• 신병(神兵) : 신이 보냈거나 신의 가호를 받는 군사.

가 나서며 크게 외쳤다.

"이 무지한 용울대야, 네 아우 용골대가 내 칼에 놀란 혼이 되었는데, 너 역시 내 칼에 죽고 싶어서 목숨을 재촉하느냐?"

壽
목숨 수
3급 14획

용울대는 이 말을 듣고 더욱 화가 나서 소리 높여 꾸짖었다.

"너는 어떤 여자이기에 대장부를 상대하여 요망한 말을 하느냐? 내 아우가 불행하여 네 손에 죽었으나, 나는 이미 조선 임금의 항복 문서를 받았으니 너희도 우리나라의 백성인데 어찌 우리를 해치려고 하느냐? 이는 이른바 나라를 모르는 여자로다. 정녕 살려두어서는 쓸 데가 없을 것 같으니, 빨리 나와 칼을 받아 죄를 씻도록 하여라."

계화가 그 말을 들은 체도 하지 않고 용골대의 머리를 가리켜 능멸하며 말했다.

"나는 충렬 부인 박씨의 몸종 계화이다. 너의 일을 생각하니 불쌍하고도 가소롭다. 네 아우 용골대는 나 같은 여자의 손에 죽고, 너는 나를 당하지 못하여 이렇게 분함을 이기지 못하니 어찌 가련하지 않겠는가."

용울대가 더욱 분한 기운이 크게 솟아 쇠로 만든 활에 짧

은 화살을 매겨서 쏘았다. 계화는 맞지 않고 그 화살은 예
닐곱 걸음 가서 떨어졌다.

용울대가 분함을 참지 못하여 군사들에게 활을 쏘라고
명령했다. 군사들이 명령을 받고 일시에 활을 쏘았으나 아
무도 맞히는 사람이 없었다. 화살만 허비하자 용울대는 기
가 막혀 어쩔 줄 몰라하며 오히려 그 신기함에 탄복할 따름
이었다.

마침내 용울대는 김자점을 불러 말했다.

"너희도 이제 우리나라 백성들이니, 어서 성 안의 군사
를 뽑아서 저 팔진도를 깨뜨리고 박씨와 계화를 사로잡으
라. 만일 그러지 않으면 군법으로 다스리겠다."

號 令
이름호 하여금령
6급 13획 5급 5획

호령이 엄숙하므로 김자점이 두려워하며 대답했다.

"어찌 장군의 명령을 거역하겠습니까?"

김자점이 군사들을 호령하여 팔문금사진을 에워싸고 좌
우로 공략했다. 그러나 어찌 팔문금사진을 깨뜨릴 수 있겠
는가.

용울대가 한 가지 꾀를 생각해 냈다.

군사들을 시켜서 팔문금사진 사면에 화약 가루를 묻은
다음, 크게 소리쳐 말했다.

"너희가 아무리 천 가지 변화술을 가졌다고 해도 오늘 같은 일을 당하고야 어찌 살기를 바라겠는가. 목숨이 아깝거든 바로 나와 항복하라."

이와 같이 용울대가 수없이 욕설을 해댔지만 한 사람도 대답하지 않았다.

持
가질 지
4급 9획

핵심⁺ 북벌계획(北伐計劃)

조선 효종(봉림대군)이 병자호란의 수모와 오랫동안 심양에 볼모로 잡혀 있던 자신의 한을 씻고자 이완, 송시열 등과 함께 청나라를 치려 한 계획이다. 효종의 북벌에 대한 집념은 대단했으나, 당시엔 전란이 남긴 후유증에서 벗어나지 못한 형편이었고, 수많은 자연재해는 재정의 궁핍을 불러 군비를 강화하는 데 걸림돌이 되었다. 결국 효종이 죽자 북벌계획은 흐지부지되었다.

好樂好樂 한자 노트

떨어질락 | 총 13획 | 부수 艸 | 5급

초목(艹)의 잎이 물방울 떨어지듯이(洛) 떨어짐을 뜻한다.

落島(낙도) : 외따로 떨어져 있는 섬.
落馬(낙마) : 말에서 떨어지는 것.
落水(낙수) : 지붕에서 빗물이 떨어짐.
洛花(낙화) : 꽃이 떨어짐.
脫落(탈락) : 어떤 데에 끼지 못하고 떨어져
　　　　　　나가거나 빠짐.

내가 찾은 사자성어

까마귀오 날비 배나무리 떨어질락
烏飛梨落
오　　비　　이　　락

내용 》 까마귀 날자 배 떨어진다는 뜻으로, 아무 관계없이 한 일이 공교롭게 다른 일과 때가 같아 관련이 있는 것처럼 의심받게 됨을 이른다.

동방예의지국(東方禮義之國)

옛날 중국인들은 문화가 발달하여 예로부터 스스로 세계의 중심인 중화(中華)로 자처하고 다른 민족을 야만으로 보았으나, 우리나라만은 서로 양보하고 싸우지 않는 등 풍속이 아름답고 예절이 바르다 하여 이렇게 일컬었다. 군자국(君子國)이라고도 한다.

군사병 | 총 7획 | 부수 八 | 5급

도끼(斤)를 두 손으로 붙잡은 모양에서 따온 글자이다.

兵役(병역) : 국민으로서 수행해야 하는 군사적 의무.

新兵(신병) : 새로 입대한 병사.

連絡兵(연락병) : 군사 문서나 전언을 전달하는 일을 하는 병사.

富國强兵(부국강병) : 나라를 부유하게 만들고 군대를 강하게 함.

내가 찾은 속담

줄 맞은 병정이라

≫ 줄을 맞추어 구령에 따라 하라는 대로 하는 병정이라는 뜻으로, 조금도 어긋남이 없이 하라는 대로 고분고분 움직이는 대상을 비유적으로 이르는 말.

무릎 꿇은 오랑캐 장수

이윽고 용울대는 군사들에게 명령하여 한꺼번에 불을 질렀다. 화약 터지는 소리가 산천이 무너지는 듯하고, 불이 사방에서 일어나며 불빛이 하늘에 가득했다.

박씨는 계화에게 부적을 던지게 했다. 그리고 왼손에 홍화선, 오른손에 백화선이라는 부채를 들고 오색실을 매어 불꽃 속에 던지니, 갑자기 피화당에서부터 큰 바람이 일어나며 오히려 오랑캐 군사들의 진중으로 불길이 돌아갔다. 오랑캐 군사들은 불길에 휩싸였다. 천지를 구별하지 못한 채 불에 타 죽는 자가 그 수효를 알 수 없을 정도였다.

용울대가 깜짝 놀라 급히 병사들을 후퇴시키며 하늘을 우러러 탄식했다.

"군사를 일으켜 조선에 나온 후, 피 한 방울 흘리지 않고 대포 한 발에 조선을 항복시켰다. 그런데 이곳에 와서 여자를 만나 불쌍한 아우를 죽이고 무슨 면목으로 임금과 귀비를 뵐 것인가."

용울대가 통곡해 마지않자 여러 장수들이 좋은 말로 위로했다.

炎
불꽃염
3급 8획

"아무리 애를 써도 그 여자에게 복수할 수는 없으니 군사를 물리는 것이 좋을 듯싶습니다."

용울대는 장수들의 말을 들어 물러가기로 했다. 그런데 가는 길에 왕비와 세자, 대군과 성 안의 재물과 여자들을 거두어 가고자 하니 백성들의 울음소리가 천지에 진동했다.

收
거둘수
4급 6획

이때 박씨가 계화로 하여금 적진에 대고 크게 외치게 했다.

"무지한 오랑캐놈아, 내 말을 들어라! 너희 왕은 우리를 몰라보고 너같이 입에서 젖비린내가 나는 자를 보내어 조선을 침략하고 노략질했도다. 나라의 운수가 불행하여 패망을 당했지만, 무슨 까닭으로 우리나라 사람들까지 끌고 가려고 하느냐? 만일 왕비를 모시고 갈 뜻을 버리지 않는다면 너희를 땅 속에 파묻어 버릴 것이다."

오랑캐 장수가 이 말을 듣고 웃으며 말했다.

"너의 말이 참으로 가소롭도다. 우리는 이미 조선 왕의 항복 문서를 받았으니, 데리고 가든 안 데리고 가든 그것은 우리 손에 달렸다. 그런 말은 구차하게 하지 말라."

계화가 다시 소리쳤다.

"너희가 막무가내로 마음을 고치지 않는구나. 그렇다면 나의 재주를 구경하라."

계화는 말을 마치자마자 주문을 외웠다. 갑자기 공중에서 두 줄 무지개가 일어나며 우박이 쏟아붓듯이 왔다. 그 다음에는 순식간에 폭우와 눈보라가 치고 얼음이 얼어, 오랑캐 진지 장졸의 발과 말굽이 얼음에 붙어 떨어지지 않아 한 발짝도 움직이지 못하게 되었다. 오랑캐 장수가 그제야 깨닫고 말했다.

暴 雨
사나울폭 비우
4급 15획 5급 8획

"처음에 귀비가 '조선에 신인이 있을 것이니 부디 우의정 이시백의 집 후원을 침범하지 말라'고 하셨는데, 우리가 일찍 깨닫지 못했다. 한때의 분함을 생각하여 귀비의 당부를 잊고 이곳에 와서 오히려 그 죄값으로 재앙을 당해 십만 대병을 다 죽일 지경이 되었도다. 게다가 용골대까지 죄 없이 죽이고 무슨 면목으로 귀비를 뵐 것인가. 우리가 이런 일을 당했으니 부인에게 비는 것이 좋을 듯하다."

오랑캐 장수들이 갑옷과 투구를 벗어 안장에 걸고, 스스로 손을 묶어 팔문진 앞에 나아가 땅바닥에 엎드려 용서를 빌었다.

"소장이 천하를 주름잡다가 조선까지 나와 한 번도 무릎을 꿇은 바 없었는데, 부인의 휘장 아래에서 무릎을 꿇어 비나이다."

장수들은 머리를 조아리며 애걸하고 또 빌었다.

"왕비는 모시고 가지 않겠습니다. 소장들에게 길을 열어 돌아가게 해 주십시오."

오랑캐 장수가 수없이 애걸하자. 그제야 박씨가 주렴을 걷고 나오며 큰 소리로 꾸짖었다.

"너희를 씨도 없이 땅속에 파묻어 버리려고 했는데, 내가 사람의 목숨 빼앗는 것을 좋아하지 않기에 용서한다. 네 말대로 왕비는 모시고 가지 말 것이며, 너희가 어쩔 수 없이 세자와 대군을 모시고 간다 하니 그도 또한 하늘의 뜻이라 거역하지 못할 것이니 부디 조심하여 모시고 가라. 나는 앉아서도 먼 곳의 일을 아는 재주가 있다. 만일 내가 말한 대로 하지 않으면 신장과 신병을 모아 너희를 다 죽이고 나도 너희 나라에 들어가 왕을 사로잡아 분을 풀고 무죄한 백성들을 남기지 않을 것이다. 내 말을 거역하지 말고 명심하라."

용울대가 다시 애걸했다.

"아우의 머리를 내어주시면 부인 덕택으로 고국에 돌아

가겠습니다."

박씨가 크게 웃으며 말했다.

"옛날 조양자는 지백의 머리에 옻칠을 하여 술잔을 만들어 이전 원수를 갚았다. 나도 옛일을 생각하여 용골대의 머리에 옻칠을 하여 남한산성에서 패한 분을 만분의 일이나마 풀 것이다. 너의 정성은 지극하나 각기 그 임금 섬기기는 똑같은 것이다. 아무리 애걸해도 그것만은 못한다."

용울대는 이 말을 듣고 분한 마음을 억누를 수가 없었다. 그러나 용골대의 머리를 보고 슬피 울 뿐 어쩔 수가 없어 하직하고 행군하려 했다.

이때 박씨가 다시 말했다.

"의주로 가서 임 장군을 보고 가라."

용울대가 그 계교를 모르고 마음속으로 생각했다.

'우리가 조선 왕의 항복 문서를 받았으니 만나도 상관없다.'

다시 박씨에게 하직하고 세자와 대군과 성 안의 재물과 여자들을 데리고 의주로 향했다. 이때 잡혀 가는 부인들이 하늘을 우러러 통곡하며 말했다.

"박씨 부인은 무슨 복으로 환란을 면하고 고국에 안전하고 한가롭게 있고, 우리는 무슨 죄로 만리 타국에 잡혀 가는가. 이제 가면 어느 날 어느 때 고국의 산천을 다시 볼 것인가."

이와 같이 눈물을 흘리며 소리 높여 우는 사람이 무수히 많았다.

박씨가 계화로 하여금 부인들을 위로하게 했다.

"인간의 고락은 흔한 일이라, 너무 슬퍼하지 말고 들어가 있으면 삼 년 안에 세자, 대군과 모든 부인을 모시고 올 사람이 있을 것이다. 부디 안심하고 무사히 도착하도록 하라."

免
면할 면
3급 7획

가상의 인물 용울대

병자호란 때 청군의 대원수는 용골대였으나, 이 작품에서는 용골대의 형인 용울대가 대원수로 되어 있다. 하지만 용울대의 존재에 대한 기록은 없는 것으로 보아 가상의 인물로 보인다. 특히 기록에 의하면 용골대는 병자호란 이후에도 수차례 우리나라에 왕래하였다고 되어 있는데, 소설 속에서는 박씨에 의해 죽는 것으로 설정되어 있다.

好樂好樂 **한자 노트**

피혈 | 총 6획 | 부수 血 | 4급

짐승의 피를 그릇에 담아 신에게 바쳤던 것에서 나온 글자이다.

血管(혈관) : 혈액을 몸 속 여러 곳으로 보내는 관.
血氣(혈기) : 목숨을 부지하여 가는 피와 기운. 격동되기 쉬운 의기.
血盟(혈맹) : 피로써 굳게 맹세함.
輸血(수혈) : 건강한 사람의 혈액을 환자의 혈관에 주입함.

내가 찾은 사자성어

새조 발족 갈지 피혈
鳥足之血
조 족 지 혈

내용 》 '새 발의 피'라는 뜻으로, 물건의 적음을 나타내는 말.

김자점(金自點)

조선 인조 때의 문신. 서인의 일파인 낙당의 우두머리로 벼슬이 영의정까지 올랐으나, 효종이 즉위하자 조정 문란죄로 파직되었다. 효종의 북벌계획을 청나라에 밀고한 것이 드러나, 광양에 유배되었다가 처형되었다.

위로할위 | 총 **15획** | 부수 **心** | 4급

마음을 편안하게 가지도록 한다 하여 '위로하다'라는 뜻이다.

慰勞(위로) : 따뜻한 말이나 행동으로 괴로움을 덜어 주거나 슬픔을 달래 줌.

慰撫(위무) : 위로하고 어루만짐.

慰問(위문) : 위로하기 위하여 문안하거나 방문함.

慰安(위안) : 위로하여 안심시킴.

弔慰金(조위금) : 죽은 사람을 조상하고 유족을 위문하는 뜻을 나타내기 위하여 내는 돈.

놀며 배우는 파자놀이

나무에 눈이 달린 글자는?

≫ 나무(木)에 눈(目)이 달렸으니, 相(서로 상)이다.

정렬 부인

앞서 이야기한 대로, 오랑캐 군사가 조선으로 나올 때 그 길목에 군사들을 매복시켜 한양과 의주 사이에 서로 연락하지 못하게 했다. 이로 인해 변을 만나 임금이 의주에 봉서를 내려 임경업을 불렀으나 그것마저 중간에서 없어졌다.

임경업은 전혀 모르고 있다가 늦게야 소식을 들었다. 분한 마음에 밤낮을 가리지 않고 걸음을 재촉하여 올라오는데, 앞에 한 **무리**의 군사와 말이 길을 막았다. 임경업이 바라보니 바로 오랑캐 군사들이었다. 임경업은 칼을 들고 적진으로 뛰어들었다. 한 번 칼을 휘두르기도 전에 다 무찔렀다. 그래도 분기가 풀리지 않아 혼자 말을 타고 의주를 떠나 바로 한양을 향해 갔다.

이때 용울대가 의기양양하게 한양에서 나왔다. 임경업은 앞에 나오는 선봉장의 머리를 단칼에 베어 들고 좌충우돌하며 이리저리 휘젓고 다니니, 군사들의 머리가 가을바람에 낙엽이 떨어지듯 했다. 오랑캐 군사들은 감히 대항하지 못했다.

限
막을 한
4급 9획

임경업의 칼에 죽는 자가 수도 없이 많으므로, 한유와 용울대가 하늘을 우러러 통곡했다. 박씨의 계교에 빠졌다는 것을 깨달은 그들은 몹시 후회하며 글을 써 한양으로 올렸다. 임금이 보고 즉시 임경업에게 조서를 내렸다.

임경업이 한칼에 적진의 장수와 군사들을 죽이고 바로 용울대를 죽이려고 하는데, 마침 한양으로부터 내려온 사자가 조서를 바쳤다. 임경업은 북쪽을 바라보고 네 번 절을 하여 예를 갖추고 조서를 열어 보았다. 그 내용은 이와 같다.

나라의 운수가 불행하여 아무 날 아무 때 오랑캐 무리가 북쪽으로 돌아 동대문을 깨뜨리고 한양으로 쳐들어와 살육하므로 짐이 남한산성으로 피난했다. 십만 적병이 여러 날 동안 성을 에워싸고 매우 급박하게 쳐들어오니, 경도 천 리 밖에 있고 수하에 유능한 장수가 없어 당해 내지 못하므로 어쩔 수 없이 강화조약을 맺었다. 이 어찌 슬프지 않겠는가. 이 모든 것이 하늘의 뜻이라, 분하지만 어찌하겠는가. 경의 충성은 알고 있으나 지금은 아무 이익이 못 되는 것이다. 오랑캐 진영의 장수와 군사들이 내려가거든 항거하지

有 能
있을유 능할능
7급 6획 5급 10획

말고 보내라.

임경업이 조서를 다 읽고 나서 칼을 땅에 던지고 큰 소리로 통곡하며 말했다.

"슬프다, 조정에 만고의 소인배가 있어 나라를 이렇게 망하게 했으니, 하늘이 어찌 이렇게 무심하신가."

임경업은 통곡을 그치지 않다가, 분함을 이기지 못하여 다시 칼을 들고 적진에 뛰어들어가 적의 장수를 잡아 엎드리게 하고 꾸짖었다.

"너희 나라가 지금까지 지탱하는 것은 모두 나의 힘이다. 그런 줄도 모르고 무지한 오랑캐놈들이 이같이 하늘의 뜻을 거스르는 마음을 품어 우리나라를 침범했으니, 너희 일행을 씨도 남기지 말고 없애야 옳을 것이다. 그러나 우리나라의 운수가 이렇게 불행하므로 왕명을 거역하지 못하여 너희놈들을 살려보내는 것이니, 세자와 대군을 평안히 모시고 들어가라."

임경업은 한바탕 통곡을 한 후에 오랑캐 군사들을 보냈다. 한편, 임금이 박씨의 말을 처음부터 듣지 않은 것을 돌이켜 뉘우치니 모든 신하가 탄식하며 아뢰었다.

"박씨의 말대로 하였던들 어찌 이런 변고가 있었겠습니까?"

임금이 분하게 여겨 탄식하여 마지않고 말했다.

"박씨가 만일 대장부로 태어났다면 어찌 오랑캐들을 두려워했겠는가. 그러나 규중의 여자가 맨손에 혼자 몸으로 무수한 오랑캐의 예기를 꺾어 조선의 위엄을 빛냈으니, 이는 예부터 지금까지 없었던 일이다."

그리고 임금은 충렬 부인 박씨에게 다시 정렬 부인의 칭호를 내리고, 일품의 봉록에 만금의 상을 주었다. 또 궁녀를 시켜 조서를 내리니, 박씨는 북쪽을 향해 네 번 절하고 열어 보았다. 그 조서의 내용은 이러하다.

짐이 밝지 못하여 정렬의 선견지명과 나라를 위해 하는 말을 따르지 않았도다. 그 탓으로 나라가 이 지경이 되었으니, 정렬에게 조서를 내리는 것이 오히려 부끄럽도다. 정렬의 덕행과 충효는 이미 아는 바라, 규중에 있으면서 나라의 위엄을 빛내고 왕비의 위태로움을 구했으니 그 충성은 두말할 나위가 없도다. 오직 나라와 더불어 영화와 고락을 함께하기를 그윽히 바라노라

希
바랄 희
4급 7획

박씨가 조서를 다 읽고 임금의 은혜에 깊이 감사했다.

당초에 박씨가 출가할 때 외모를 추하고 보잘것없게 한 것은 여색을 탐하는 사람이 혹하여 빠져들까 염려한 것이며, 형상을 탈바꿈하여 본색을 나타낸 것은 부부간에 화합하고자 한 것이고, 피화당에 있으면서 팔문진을 친 것은 나중에 정탐하고 돌아다니는 오랑캐들을 막기 위한 것이고,

왕비를 못 모시고 가게 한 것은 오랑캐에게 음흉한 변을 만날까 염려했기 때문이고, 세자와 대군을 모시고 가게 한 것은 하늘의 뜻을 따랐던 것이고, 오랑캐 장수로 하여금 의주로 가게 한 것은 임 장군을 만나 영웅의 분한 마음을 풀게 한 것이었다.

그후로 박씨는 나라에 무슨 일이 있으면 충성을 다하고, 노비와 몸종들을 의리로 다스리고, 친척간에 화목을 도모하여 그 높은 덕행으로 온 나라 사람들에게 칭송을 듣고, 그 이름을 후세에 길이 전했다.

이시백은 많은 자손을 낳아 집안에는 복이 가득하고, 태평성세에 재상이 되어 부귀영화가 극진하니 온 조정 신하와 백성들이 우러르며 떠받들었다.

좋은 일이 지나가면 슬픈 일이 오는 것은 예로부터 흔한 일이라, 박씨와 이시백이 잇달아 우연히 병을 얻었다.

백약이 효험이 없으므로, 부부가 자손을 불러 뒷일을 당부했다.

"옛 성인이 말씀하시기를 '세상에 살아 있는 것은 붙어 있는 것이고 죽는 것은 돌아가는 것이다' 하셨으니, 우리 부부의 복록은 끝이 없다 할 것이다. 인생의 삶과 죽음이

子 孫
아들자 손자손
7급 3획 6급 10획

마땅히 이러하니, 우리가 돌아간 뒤에 지나치게 슬퍼하지 말아라."

그리고 부부가 잇달아 세상을 떠났다. 아랫사람 윗사람 할 것 없이 온 집안이 발상하고 예를 극진히 하여 선산에 안장했다.

임금이 이 소식을 듣고 슬퍼하며 부의로 비단과 금은을 내려 장사를 치르는 데 보태게 했다.

이후로 시백의 집안은 자손 대대로 *관운이 끊이지 않고 크게 융성했다.

대개 사람이 세상에 태어날 때 남녀를 불문하고 재주와 덕행을 고루 갖추기가 어려운 것이다. 그러나 박씨는 한낱 여자로 태어났음에도 불구하고 단지 재주와 덕행뿐 아니라 기이한 계교와 신묘한 헤아림이 한나라 때의 제갈량을 본받았으니 세상에 드문 일이다.

이런 재주를 가지고 여자로 태어났으니 이 얼마나 아까운 일인가. 이는 조선의 국운에 하늘의 뜻이 이렇기 때문에, 특별히 드러나지 못하고 대강 전설을 통해 기록하게 되니 가히 한스럽다고 할 수 있을 것이다.

그 뒤에 계화도 승상 부부의 삼년상을 극진히 받들고 우

傳 說
전할전 말씀설
5급 13획 5급 14획

• 관운(官運) : 벼슬아치로
출세하도록 타고난 운.

연히 병이 들어 죽었다. 나라에서 그 사연을 듣고 장하게
여겨 충비로 봉했다.

박씨 부인의 충절과 덕행, 재주와 기이한 계교가 희한하
므로, 세상에 자취 없이 사라지는 것이 아까워 대강 기록
하는 바이다.

消
사라질 소
6급 10획

핵심⁺ 피화당과 남한산성
　　박씨가 계화와 함께 거처하던 피화당은 남한산성과 대립을 이루
는 공간이다. 피화당은 병자호란의 패배라는 치욕을 상상 속의 사건
을 통해 뒤집는 가상의 공간이며, 남한산성은 병자호란의 패배라는 역사적
사실을 그대로 반영한 실제 공간이다. 피화당에서는 실제적인 공간에서 이
루어진 사건의 결과를 뒤집는 것으로 역사적 사실을 뒤엎고자 하는 민중의
욕망이 실현되고 있다.

好樂好樂 한자 노트

무리중 | 총 12획 | 부수 血 | 4급

핏줄이 같은 사람이 한 동아리를 이룬 무리를 뜻
한다.

衆生(중생) : 많은 사람.
觀衆(관중) : 연극이나 운동 경기 따위를 구
　　경하는 무리.
大衆(대중) : 수많은 사람의 무리.
出衆(출중) : 뛰어남.

내가 찾은 사자성어

무리중　적을과　아닐부　대적할적
衆寡不敵
　중　　과　　부　　적

내용 》 적은 사람으로는 많은 사람을 이
기지 못함.

조선시대에 쓴 작자, 연대 미상의 고대소설이다. 한문본과 국문본이 함께 전하나 한문본이 먼저 나왔으며, 〈임장군전〉, 〈임충신전〉 등의 여러 이본이 있다. 조선 인조 때의 명장 임경업의 생애를 전기체로 엮은 작품인데, 임진왜란과 병자호란을 치른 뒤의 척외사상, 특히 청나라를 배척하는 사상이 전편을 통해서 그 밑바닥에 깔려 있다. 〈박씨부인전〉과 비슷한 시기에 같은 작가에 의해 만들어졌을 것이라는 설이 있다.

거스를역 | 총 10획 | 부수 辶 | 4급

서로 거슬러 반대되게 간다 하여 '거스르다' 라는 뜻이 된다.

逆境(역경) : 일이 순조롭지 않아 매우 어렵게 된 처지나 환경.

逆風(역풍) : 거슬러 부는 바람.

逆轉(역전) : 형세가 뒤집혀짐.

反逆(반역) : 나라와 겨레를 배반함.

내가 찾은 속담

남촌 양반이 반역할 뜻을 품는다

》》 몰락하여 가난하게 사는 남촌 지방의 양반들이 반역할 뜻을 품는다는 뜻으로, 불평 많고 불우한 처지에 있는 사람들이 반역의 뜻을 품게 마련임을 비유적으로 이르는 말.

등용문 첫 번째 관문

내용 되짚어 보기

조선 인조 때 서울 안국방에 살던 이조 참판 이득춘이 나이 들어 얻은 아들 이시백은 열여섯 살 되던 해 금강산에 사는 박 처사의 딸과 혼인한다.

첫날밤 신방에 들어온 신부는 천하박색에 어깨에는 혹이 매달려 있고 몸에서는 지독한 냄새가 풍겼다.

박씨는 못생긴 외모로 인해 시어머니로부터 멸시당하고, 남편 시백으로부터 구박당하고, 심지어는 집안의 하인들로부터도 박대를 당한다.

독수공방에 지친 박씨는 후원에 초당을 짓고 몸종 계화와 숨어 지낸다. 그러나 재주와 학식이 뛰어난 박씨는 도술로써 여러 이적을 나타낼 뿐만 아니라 남편 시백에게 이상한 연적을 주어 과거에 장원급제시킨다.

이때 친정아버지 박 처사가 찾아와 딸의 흉한 허물을 벗겨준다. 시백은 절세미인으로 변한 부인에게 사죄하고, 마침내 화목한 가정을 이룬다. 그후로 그의 벼슬은 평안 감사에 이어 병조 판서에까지 이른다.

이 무렵, 호국의 가달이 조선을 넘보므로 시백이 왕명에 따라 임경업과 함께 이를 평정한다. 호국에서는 여자객 기홍대를 보내 두 사람을 죽이려 했으나 박씨가 미리 알고 막는다.

또 용골대의 동생 용울대는 피화당에 잘못 들어갔다가 죽음을 당한다. 피화당 주위에 심은 나무들이 군사가 되고, 가지와 잎은 무기가 되고, 피화당 전체는 첩첩산중으로 변하는 등 박씨의 도술과 조화로 목숨을 잃은 것이다.

동생의 원수를 갚으려고 군사 삼만을 이끌고 온 용골대는 가까스로 목숨을 구하고, 오히려 박씨의 훈계를 듣고 물러간다.

그후 박씨는 충렬, 정렬부인이 되고, 시백은 영의정이 되어 그 자손에게까지 벼슬이 이어졌다.

논술로 생각 키우기

1. 이 작품의 배경이 된 병자호란에 대해 아는 대로 써 보자.

2. 이 작품 속의 사건과 역사적 사실의 같은 점, 다른 점을 비교해 보자.

3. 이 작품 속에서는 박씨를 비롯하여 계화, 기홍대 등 많은 여자들이 활약을 펼친다. 조선시대 여성의 가정, 사회에서의 지위에 대해 써 보자.

4. 박씨는 처음엔 추한 외모로 남편 시백을 비롯하여 온 집안의 멸시의 대상이 되었다가 허물을 벗고 미인이 됨으로써 아내, 며느리로서의 지위를 되찾는다. 이와 같이 외모에 따라 생각이 바뀌는 외모지상주의에 대한 생각

을 써 보자.

5. 박씨의 변신은 이 작품의 구성상 어떤 역할을 하는가?

6. 박씨에 대한 이시백의 태도에 대해, 변신 전과 변신 후로 나누어 생각하는 바를 써 보자.

7. 박씨가 거처하던 피화당은 어떤 곳인가? 아는 대로 써 보자.

8. 박씨는 오랑캐 장수 용골대를 충분히 무찌를 수 있는 초능력을 가지고 있었다. 그럼에도 불구하고 용골대를 살려보낸다. 그 이유에 대해 생각해 보자.

9. 만일 자신에게 박씨와 같은 초능력이 있다면 어떤 일을 하고 싶은지 써 보자.

한자능력 검정시험 예상문제

다음 한자 낱말의 음을 써라.

1. 敎生

2. 日本

3. 東天

4. 國土

5. 面長

다음 한자의 훈과 음을 써라.

6. 食

7. 病

8. 語

9. 重

10. 藥

다음 낱말에 맞는 한자를 보기에서 찾아 ( ) 안에 써라.

| 보기 | 重 罪 敬 勝 話 古 美 |

11. 미인 – ( )人

12. 공경 – 恭( )

13. 고목 – ( )木

14. 승리 – ( )利

15. 귀중 – 貴( )

다음 한자의 총획수를 써라.

16. 葉

17. 慰

18. 衆

19. 血

20. 逆

다음 훈과 음에 맞는 한자를 써라.

21. 허물 죄

22. 재주 재

23. 떨어질 락

24. 능할 능

25. 군사 병

다음 (   ) 안에 있는 단어를 한자로 써라.

26. 성공하려면 (근면)해야 한다.

27. 귀한 손님을 (초청)했다.

28. 부모님을 (봉양)하는 것은 자식으로서 당연한 도리다.

29. 나라의 (흥망)이 우리 어깨에 달려 있다.

30. (웅장)한 산세에 절로 감탄이 나왔다.

다음 한자의 부수를 써라.

31. 衆

32. 面

33. 東

34. 敎

35. 能

다 풀었나요?

이제 여러분은 마지막 관문을 통과했습니다.

축하합니다.

1. 병자호란은 조선 인조 때인 1636년 12월 청나라의 침략으로 일어난 싸움이다. 이는 조선 역사상 유례없는 치욕적 사건으로, 정치적·경제적으로 큰 손실을 입었으며, 민중들은 극심한 고통을 겪었다. 오랑캐라고 경멸하던 만주족에게 패배한 만큼 민중들의 분노는 이루 말할 수 없었다. 〈박씨부인전〉은 현실적인 패배와 고통을 상상 속에서 복수하고자 하는 민중들의 심리적 욕구를 표현한 작품이다.

2. 역사 속의 병자호란은 조선이 완전히 패배한 전쟁이었다. 임금이 청나라 왕에게 항복했던 치욕의 역사였던 것이다. 그러나 소설에서는 박씨의 활약으로 부분적인 승리를 이끌어낸다.

병자호란 때 인조는 남한산성에서 45일간 항전하다가 결국 항복했다. 인조가 삼전도에 나가 청나라 태종에게 세 번 절하고 아홉 번 머리를 조아리는 항복의 의식을 하고 나서야 전쟁이 끝났다. 전쟁 직후에는 소현세자와 봉림대군 형제를 비롯하여 수많은 부녀자가 청나라로 끌려갔고, 해마다 공물을 바쳐야 했다.

그러나 〈박씨부인전〉에는 역사적 사실과는 다른 장면들이 등장한다. 오랑캐 왕이 조선을 침략하려 하지만 박씨가 무서워 함부로 결정을 내리지 못하는 장면, 자객 기홍대를 보냈으나 박씨에게 혼이 나 쫓겨나는 장면, 박씨가 오랑캐 장수 용울대를 죽이고 그 형 용골대를 혼내 주는 장면, 임경업이 돌아가는 오랑캐 군대를 혼내

주는 장면 등은 실제 역사에서는 찾아볼 수 없는 부분이다.

3. 조선시대의 여성은 가정의 일에 전념할 뿐 그 밖의 사회적인 일에는 전혀 간섭할 수 없었다. 따라서 여성이 자신의 꿈을 실현할 수 있는 길은 자식을 낳고 기르는 일을 통해서만 가능했다. 즉 그들은 가문을 이을 아이를 낳고 아이의 성장을 통해 자신의 존재 의의를 확인했던 것이다.

4. 〈박씨부인전〉에서는 여인 천하라고 할 정도로 여성들이 남성보다 우위에 있다. 신선의 딸인 주인공 박씨를 비롯하여 곁에서 시중을 드는 계화, 만 리를 훤히 본다는 오랑캐 왕의 귀비, 여자객 기홍대 등, 여성들의 눈부신 활약상을 보여 주고 있다. 이는 여성도 남성 못지않게 우수한 능력을 갖추어 나라의 어려움을 담당할 수 있다는 의식을 나타낸 것이다.

5. 박씨의 변신은 보통 사람을 뛰어넘는 부덕과 신묘한 도술로 여성의 우수한 능력을 보이는 계기가 된다. 변신한 박씨는 남편을 비롯한 시집 식구들과 다른 양반집 부인들에게 인정을 받는다. 따라서 박씨의 변신은 그때까지 속해 있던 세계에서 다른 세계에 들어간다는 의미를 가진다.

6. 변신 전 이시백은 아버지의 명을 어길 수 없어 억지로 혼례를 치렀지만, 박씨를 가까이하지 않고 겉돌기만 한다. 그로 인해 박씨는 3, 4년 동안 빈 방을 지키며 외로이 지내다가, 결국 시아버지에게 부탁하여 후원에 피화당을 짓고 숨어 지낸다.

그러나 박씨가 허물을 벗고 아름다운 여인으로 변하자 이시백의 태도는 완전히 달라졌다. 그는 박씨 앞에 무릎을 꿇고 전날의 잘못을 눈물로 뉘우치며, 첫째 사람을 알아보는 눈이 없었고, 둘째 어리석고 둔했으며, 셋째 부모의 말을 듣지 않은 불효를 용서해 달라고 빌었다.

7. 박씨가 계화와 함께 거처하던 피화당은 남한산성과 대립을 이루는 공간이다. 피화당은 병자호란의 패배라는 치욕을 상상 속의 사건을 통해 뒤집는 가상적인 공간이며, 남한산성은 병자호란의 패배라는 역사적 사실을 그대로 반영한 실제적인 공간이다. 피화당에서는 실제적인 공간에서 이루어진 사건의 결과를 뒤집는 것으로 역사적 사실을 뒤엎고자 하는 민중의 욕망이 실현되고 있다.

8. 박씨의 초능력과 임경업의 능력으로 볼 때 용골대를 충분히 제거할 수 있었지만, 소설 속에서는 하늘의 뜻을 거스르지 못하여, 또는 왕명을 거역하지 못하여 살려보낸다고 했다. 이는 오랑캐의 승리라는 역사적 사실을 무시할 수 없었던 까닭이다. 박씨의 도술로 오랑캐를 퇴치하고 응징하는 일은 가능했지만, 결국 역사적 사실까지 뒤바꿀 수는 없었던 것이다.

<세 번째 관문> 한자능력 검정시험 예상문제 해답

1. 교생	10. 약 약	19. 6획	28. 奉養
2. 일본	11. 美	20. 10획	29. 興亡
3. 동천	12. 敬	21. 罪	30. 雄壯
4. 국토	13. 古	22. 才	31. 血
5. 면장	14. 勝	23. 落	32. 面
6. 밥 식	15. 重	24. 能	33. 木
7. 병들 병	16. 13획	25. 兵	34. 夂
8. 말씀 어	17. 15획	26. 勤勉	35. 肉
9. 무거울 중	18. 12획	27. 招請	

일석이조, 우리고전 읽기 005

박씨부인전

초판 1쇄 인쇄   2007년 12월 20일
초판 1쇄 발행   2007년 12월 27일

지은이_ 작자 미상
글쓴이_ 이경애
펴낸이_ 지윤환
펴낸곳_ 홍신문화사

출판 등록_ 1972년 12월 5일(제6-0620호)
주소_ 서울시 동대문구 용두 2동 730-4(4층)
대표 전화_ (02) 953-0476
팩스_ (02) 953-0605

ISBN 978-89-7055-164-7 03810